MARIE

TOUCHET,

Chronique orléanaise.

PAR M. J. LESGUILLON.

—=o=—

PARIS,

VIMONT, LIBRAIRE – EDITEUR,

Galerie Véro-Dodat.

1833.

MARIE

TOUCHET.

IMPRIMERIE DE Ve POUSSIN,

, rue et hôtel Mignon, n° 2.

MARIE

TOUCHET,

Chronique orléanaise.

PAR M. J. LESGUILLON.

PARIS,

VIMONT, LIBRAIRE-ÉDITEUR,

Galerie Véro-Dodat.

1835.

A

M. C. Vergnaud Romagnesi,

Membre de la Société royale des Belles-Lettres et
Arts d'Orléans, etc., etc.

Mon Cher Cousin,

Je te dois tant pour cet ouvrage, que
je n'en puis faire hommage qu'à toi :
tes recherches savantes ont jeté une
clarté immense sur les antiquités nationales d'Orléans, notre mère commune :

tu as appris quels trésors elle renfermait dans son sein : tu as recréé ses monumens, ses souvenirs, et ennobli, aux yeux de la France, une ville qui si souvent, si long-temps fut à elle seule la France toute entière.

Ce livre te revenait de droit et à plus d'un titre.

Ton affectionné Cousin,

J. Lesguillon.

TABLE

DES MATIÈRES.

———

FIN DE LA TABLE.

MARIE TOUCHET.

CHAPITRE PREMIER.

La Rentrée du Roi.

C'ÉTAIT par une belle matinée d'été.
L'an 1569, tout Orléans prenait un air
de fête ; il semblait renaître d'un long
deuil : les boutiques, qui étaient restées

1

long-temps fermées, se rouvraient, avec
prudence pourtant, comme un homme
attaqué par des voleurs qu'un bruit
soudain a chassés, reprend peu à peu
ses sens, et ne se croit sauvé qu'à la vue
du clocher de son village.

Il fallait qu'il se préparât un grand
événement, car à je ne sais quelle rumeur sourde, avant-coureur des solen-
nités, se joignait une allégresse universelle, un mouvement étrange et surtout
un empressement général qui témoi-
gnait hautement de la sympathie de
tous les Orléanais.

Le quartier Saint-Paul, entre autres,
se distinguait par le tumulte joyeux de
ses habitans, les échanges de poignées
de main entre des gens qui, la veille, se

seraient égorgés avec joie, et les grands apprêts des bourgeois ou commerçans du marché et de la rue des Carmes. Mais cette manifestation avait lieu surtout autour de la maison du chevalier de Touchet, rue du Tabourg; les maisons se paraient de fleurs, on étendait sur le devant des boutiques des draps, des couvertures et des tapis de toute sorte, sujets pour la plupart tirés de la mythologie, Diane et Endymion, Jupiter et Léda, Vulcain, Mars et Vénus pris dans un filet, etc. C'est le jour de la fête du Saint-Sacrement: la procession doit passer dans cette rue. A droite de la maison de Touchet, dans une porte-cochère, se dresse un reposoir: de là vient cette grande rivalité entre toutes les demoiselles et les jeunes gens du quartier. Les mamans veillent, les orfèvres

prêtent des flambeaux , des ornemens
d'or et d'argent; les marchands de toile
fournissent des tentures ; les tapissiers
des dômes de velours; les marchandes
de fleurs parcourent le quartier; les
paysans apportent des brassées de
feuillages et de branches vertes. Au milieu de la rue, à gauche Levé, marchand
de draps en gros, à l'enseigne du *soleil levé,* est sur le pas de sa porte : il
sourit à ce spectacle, il s'approche de
Touchet, qui, debout près de sa croisée,
regarde avec une sorte de pitié le mouvement du peuple. Levé s'appuie sur
la fenêtre , et, d'un air moitié malin,
moitié naïf :

— Bonjour, bonjour, monsieur de
Touchet.. Vous ne tendez donc pas?
Cependant le bon Dieu va passer.

— C'est pour cela que vous vous mettez aux fenêtres! Je serais charmé de le voir; le bon Dieu? Ah! ah! et il rit aux éclats. Le père Levé fut scandalisé de ce blasphême.

— Il ne faut pas parler ainsi, monsieur de Touchet; cela porte malheur! vous ferez une mauvaise fin.

— Vous voilà bien tous, avec vos calculs! Quand je vous dis que votre religion n'est que de l'intérêt.

— Je ne suis pas intéressé, monsieur de Touchet, repartit avec douceur le marchand de draps, qui pardonnait aisément ce qu'on pouvait dire de lui, mais qui ne pardonnait pas les outrages à la religion.... Je ne suis pas intéressé..... Non! je ne le suis pas :

Qu'est ce que je veux? que mon commerce aille bien, que je marie mes enfans, et me retirer avec une petite fortune dans mes vieux jours: voilà tout! Mais, avec vos protestans, rien ne va... le commerce languit... Croyez-moi, monsieur de Touchet : il n'est rien de tel que la religion :

— Est-ce que vous croyez que je n'ai pas de religion?

— Certainement, puisque vous êtes protestant.

— Si je vous expliquais la doctrine que je professe, vous verriez...

— Je ne veux pas vous entendre blasphêmer.. Quand je dis que vous n'avez pas de religion, je sais ce que je dis : ce n'est pas à vous à me contredire, à un protestant.

— Vous abusez bien de vos avantages.... Parce que le roi a consenti...

— Comment pouvez-vous ne pas croire à une religion telle que la nôtre? Avez-vous de grandes cérémonies comme la procession qui va avoir lieu? Vous verrez tous ces prêtres avec leurs beaux surplis; il y aura, par parenthèse, mon cousin, l'abbé Levé, curé de Saint-Pierre en Pont, qui fait mon piquet tous les dimanches...... Et le dais! quelle belle étoffe! c'est moi qui ai vendu le velours..... la fabrique se fournit dans mon magasin... Et puis les encensoirs, les jeunes filles qui jettent des fleurs...

Et la musique de la ville.. et les au-
torités... Allez, monsieur de Touchet,
un homme qui ne croit pas à tout cela
est bien coupable!

— Ce sont des pompes payennes!

— Payennes!..... qu'est ce que cela
veut dire? Expliquez-vous.... payennes?...

— Catholiques, je veux dire. Et il
souriait avec malice.

— Ah! j'entends... Le roi y sera, il
suivra le dais.

— On le mettra peut-être dessous.

— Pourquoi pas?... puisqu'il est le
fils aîné de l'église?...

— Cela ne me fait rien ; mais je sais bien que je ne veux pas contribuer à la fête... Je ne mettrai pas de tapisseries.

— Vous aurez tort... Il ne faut pas s'attirer de mauvaises affaires.

— Je m'en moque bien. Il viendrait toute la ville, que je n'en démordrais pas...

— Ne parlez pas comme cela, vous me feriez du tort.

Touchet aurait sans doute long-temps fait le brave; mais, au détour de la Vieille Poterie, il vit paraître maître Gautier, et son esprit l'abandonna avec son courage.

Maître Gautier tenait à la main son bâton ferré; et l'un et l'autre se retrouveront peut-être dans la suite de cette histoire.

— Ah çà! dit-il d'une voix qui retentit plus haut que la cloche de Saint-Paul : Ah çà! est-ce qu'on ne tend pas le devant des maisons, ici ?..... Touchet, tu es en retard, chien de protestant!

— Si fait, si fait, monsieur Gautier, j'y vais : ne vous fâchez pas, répondit Touchet avec autant de grâce qu'il lui fut possible. Et il rentra dans l'intérieur de sa maison en appelant Marie.

Levé, à l'apparition de Gautier, avait

eu un moment de frayeur; mais il se remit bientôt : il se rappela qu'il était catholique.

— Monsieur Gautier, lui dit-il, regardez donc ma maison...

— Bravo , répliqua l'homme au bâton ferré, voilà de la religion, père Levé. A propos, j'aurai besoin de drap pour mon hiver.

— Quand vous voudrez, monsieur Gautier; vous n'avez qu'à nous rendre visite.

— Vous me verrez à la procession.

— Avec plaisir, monsieur Gautier.

Ils se serrèrent la main : Levé rentra
chez lui et Gautier continua son chemin du côté de la rue de Bourgogne;
au même instant, à la porte de la maison, parurent Touchet et Marie, portant une tapisserie. Ils étaient aidés
dans cette opération par leur valet
Thibaut, qui s'en mêlait à contre cœur
et marmottait entre ses dents :

—C'est bien la peine, pour ces gueux
de catholiques.

Touchet regarda si on l'avait entendu.

—Pas si haut; la fenêtre est ouverte,
on pourrait entendre. Ne va pas faire
piller la maison.

— J'aimerais mieux me voir assom-

mer sur la place , que de céder d'un
quart de semelle , murmura Thibaut.

— Ecoute donc, moi aussi ; mais je
tiens à ce que j'ai ; cela ne m'empêche
pas de me croire aussi bon protestant
que toi.

Thibaut monta sur une échelle pour
attacher la tapisserie. Au même instant,
Gautier, de retour, passa devant la maison ; il plaisanta Touchet sur sa doci-
lité.

— A la bonne heure ! c'est bien heureux ! Voilà votre maison tendue. Tu
peux descendre, toi, l'ouvrage est fait.

Et sans affectation , il donne un coup
de son bâton à l'échelle , qui chancèle

et tombe à terre. Des éclats de rire
partirent de tous les côtés de la rue.
Thibaut se relève avec peine et en boi-
tant ; il rentre en murmurant :

— Je savais bien que le bon Dieu
nous punirait.

On entendit dans le lointain des
cloches et le beffroi de la tour de
ville qui sonnaient lentement.

— C'est le signal de la procession ;
rentrons, cria Touchet, fermons les
yeux à cette pompe de Satan. Marie, tu
pousseras les volets du rez de-chaussée.

— Oui, mon père.

Et Marie après avoir fermé les volets

du rez-de-chaussée, courut bien vite se
poster à la croisée du premier étage,
pour voir la cérémonie.

Tout est fermé chez Touchet ; seulement, de temps en temps, on voit paraître à la croisée du premier la tête
de Marie qui se cache aussitôt. Cependant une rumeur sourde s'approche
avec un bruit de tambours, qui s'interrompt pour laisser entendre la musique ; bientôt, du bout de la rue de
Bourgogne, une bannière s'avance : c'est
la procession ; elle marche majestueu-
sement ; en tête est la milice bourgeoise, de chaque côté, sur une file,
se suivent les soldats de la garnison et
du fort de Charles IX. Gautier vient
ensuite à la tête de ses cinquanteniers,
Michot est près de lui, derrière eux

marchent Sypierre, les lieutenans Tripaut et Duplaix, les échevins, les magistrats, messieurs de ville, les chefs des
diverses corporations, et tout le clergé
officiant, parmi lequel est Descomtes
de la Clémendière ; enfin, le dais : les
cordons en sont portés par le prési-
dent de la cour royale, le commandant de la milice bourgeoise, le pré-
vôt des marchands, le commandant de
la place. Charles IX est sous le dais, il est
à côté de l'évêque d'Orléans, Masson
de Morvilliers, qui soutient le soleil
d'or; derrière le dais est la maréchaus-
sée à pied et à cheval, qui contient la
foule du peuple. Les cris de la multi-
tude, les chants des prêtres, les accla-
mations de vive le roi se mêlent, se
confondent. Les jeunes filles jettent
des fleurs ; elles s'approchent du dais ,

et chacune tâche d'attirer sur elle les
regards du roi. La procession a défilé
par la rue du Tabourg et détourné
par le marché. Le dais stationne vis-
à-vis la maison de Touchet, l'évêque
prend le saint-sacrement, monte au reposoir, et le place devant le taberna-
cle pendant que l'on chante le répons;
le roi regarde nonchalamment autour
de lui : soudain il lève les yeux, et voit
Marie qui est toute entière à ce spectacle.

— Dieu ! quelle jolie personne !
dit-il à Tavannes, qui marche à côté de
lui ; Tavannes, que dis-tu de celle-là ?

— Je n'ai jamais rien vu de si gracieux ; elle ressemble à la vierge de
Saint-Germain-l'Auxerrois.

—C'est donc pour cela que ses regards
m'ont pénétré jusqu'au fond du cœur.

Et Charles appuyait la main sur sa
poitrine; il regardait Marie avec ivresse,
et Marie, baissant modestement les
yeux, se disait tout bas :

— Mais il me semble que le roi me
regarde.

Le répons fini, l'évêque donne la
bénédiction au peuple : le roi s'agenouille comme tout le monde; mais
en s'appuyant sur le dais, il regarde
Marie qui, pendant la bénédiction, ne
courbe pas la tête.

— Elle ne baisse pas la tête! elle est
donc protestante ? Tavannes, retiens
bien la maison; je veux y revenir.....
Par Dieu ! la belle, si vous êtes hu-

guenote, je me chargerai de votre conversion.

L'évêque est venu reprendre sà
place : la procession se remet en marche. Charles IX, en s'éloignant, adresse
à Marie un salut gracieux.

Marie le lui rend avec surprise et
joie.

— C'est moi qu'il salue ; il est mieux
que M. de Gyvès.

La procession disparait et la foule
s'efface peu à peu avec le bruit. Marie
rentre dans la maison , Thibaut déta-
che la tapisserie, et Touchet, qui était
allé se cacher pour ne pas voir la cérémonie, revient trouver sa fille. Elle
était à la même place, pensive : elle ne
le vit point : il l'écouta.

2.

— Je ne sais, se disait-elle, cette pompe, cet appareil religieux... Je sens-là je ne sais quoi.

Elle mit la main sur son cœur.

— Le roi a beaucoup regardé du côté de notre maison.

—Ah! tu crois? lui dit Touchet; et elle tressaillit; il aura peut-être été content....

— Content... de quoi?.. de la tapisserie... (elle sourit).

— Dame ! que veux-tu ? Qu'est-ce que cela me fait après tout?.. pourtant cela me fait plaisir...

Et il riait sans trop se comprendre. Thibaut vint le prier de l'aider à replacer la tenture, il sortit, et Marie resta seule. Un moment, elle s'assied, puis elle se lève, se promène; elle se met à la fenêtre, regarde long-temps la place où Charles s'est arrêté; elle prend un livre, en lit quelques pages, le remet sur la table, essaie de broder, va et vient de la fenêtre de la rue à sa chambre; enfin, au milieu de cette inquiétude dont elle ne peut se rendre compte, arrive la nuit.

— Comme le temps passe vite! dit-elle.... C'était la première fois qu'elle faisait une telle remarque.... Pourtant il me semble qu'il n'y a qu'un instant qu'il était là.... C'est étonnant; il n'a pas l'air faux et dissimulé comme on dit; son sourire est doux, quoique mélancolique ; il a plutôt l'air triste que méchant....

Touchet revint ; elle ne le vit pas encore, il n'y conçut rien.... Mais en bon père, il crut devoir lui donner de sages avis.

— Toujours à rêvasser : je pense bien que ce n'est pas sur la religion.... Est-ce que par hasard la procession du saint sacrement t'aurait inspiré des idées?... Ma fille, dit-il d'un air sérieux, j'espère que tu ne songes pas à trahir ta foi. Quand on a été bien élevée, on a de la religion ou l'on n'en a pas, c'est clair: c'est pour cela qu'il faut en avoir. Intérêt, menaces, craintes, rien ne doit nous détourner de notre croyance ; il vaut mieux souffrir le martyre que d'abjurer. Suis toujours mon exemple,

et n'oublie jamais les leçons de ton vertueux père! Et voilà qu'il s'attendrit
lui-même à sa propre éloquence; soudain, essuyant ses larmes :

—Dis donc, Marie, depèche toi-vite
d'arranger une table et des cartes : voilà
le moment où M. de Gyvès doit venir
avec son fils: nous jouerons une petite
partie de macao, et nous nous réjoui-
rons un moment dans le Seigneur.

— J'y vais veiller, mon père.

Elle n'avait pas encore tout dis-
posé, lorsque Gyvès père et son fils
arrivèrent.

— Bonsoir, monsieur de Touchet ;
Bonsoir Marie, leur dit avec tristesse
ce digne et respectable échevin: je
viens surtout pour nous consoler en-

semble du spectacle impur qui a souillé cette rue. Les Philistins ont étalé leurs faux dieux, et Israël a promené le veau d'or.

— J'ai trouvé la procession fort belle, riposta Marie ?

— Que vous êtes futile, Marie !

Ce reproche de Gyvès fils arriva assez maladroitement; il excita l'humeur de Marie, qui prit un petit air piqué, et lui répliqua avec aigreur :

— Comment! vous me sermonnez déjà, monsieur de Gyvès? attendez donc que nous soyons mariés.

— Cela ne tardera pas, mes enfans, prenez patience. Et Touchet regardait avec joie les deux jeunes gens; Marie revint la première, et s'approchant de Gyvès:

— Vous nous boudez, c'est mal... .
Voyons, mon ami, pas de rancune ;
soyez bon chétien?

— Au nom du ciel, Marie, s'écria
Jacques avec effroi, ne plaisantez pas
avec ces choses là!...

— Vous avez tort, ajouta Gyvès fils :
de la légèreté on passe à la tiédeur, et
de la tiédeur à la mort de l'âme, la plus
affreuse de toutes les morts.

— C'est vrai.., pensa Touchet, qui
en sentait au fond du cœur toute la
vérité. Laissons cela.. Et si vous désirez
faire une petite partie, prenez place.

On s'assied. Quelque-temps après
entrent madame de Coligny et le
chancelier Groslot, bailly d'Orléans.

— Eh bien, chancelier! quoi de
nouveau ?

— J'ai eu l'honneur de causer un
moment avec le roi; il m'a témoigné
beaucoup d'affection.

— M. l'amiral m'a écrit, ajouta madame de Coligny, qu'il croyait les troubles finis, et qu'il bénissait le ciel qui
arrêtait enfin l'effusion du sang français.

— C'est au roi que nous devons cette
paix, observa Marie, qui, avant la procession, ne s'était jamais permis un mot
de politique.

— C'est un piége qu'il nous dresse
sans doute; il est si dissimulé, dit Gyvès.

— Je ne lui trouve pourtant pas cet air là.

— Il paraît, Marie, que vous l'avez bien examiné.

— Il ne lui manquait plus que d'être jaloux ! En vérité, je ne sais pas pourquoi il me déplaît tant aujourd'hui.

La soirée continua ainsi, moitié aigre, moitié triste : insignifiante, comme toutes les soirées où l'on joue. Au milieu d'un coup, le chancelier, pour annoncer son jeu, ayant dit : le Roi ! Marie se levant tout-à-coup : le Roi ! dit-elle, et soudain elle se rassit en murmurant : Quelle faute !

A partir de ce moment, le jeu languit avec la conversation. Madame de

Coligny, qui souvent avait causé bas avec le chancelier, salua la société et sortit avec lui. Gyvès, quelque temps après, se disposa à l'imiter.

— Eh bien! à quand le contrat, père Gyvès? dit Touchet.

— Monsieur de Touchet, il faut attendre que tout soit pacifié, repondit Jacques; il n'est pas d'un chrétien de se livrer à la joie quand la religion souffre. Ils sortirent.

— Voilà ce que tu gagnes avec tes réflexions, dit Touchet à sa fille, un quart d'heure après leur départ : je suis sûr que voilà un mariage manqué.

— Peu m'importe! mon père.

— Bah!...

Cette interjection exprimait un grand

étonnement : il eût peut-être réussi
à s'en rendre compte, si, dans ce moment, on n'eût assez vivement frappé
à la porte de la rue.

Thibaut, qui venait d'ouvrir, accourut tout effaré, et annonça la visite de
deux seigneurs habillés d'or et de soie.
Ils entrèrent. Le plus richement vêtu
ouvrit son manteau et salua très-res-
pectueusement.

Marie poussa un cri ; Touchet crut
qu'elle s'évanouissait : il n'eut que le
temps de lui donner un siége, et lui-
même resta immobile d'étonnement et
de bonheur.

Ainsi que sa fille, il avait de suite
reconnu l'étranger.

CHAPITRE II.

———••••———

La Vache à Colas.

Une ville antique s'élève au nord de la Loire, sur la rive gauche du fleuve: elle semble descendre avec calme du haut d'un côteau ; la pente en est

douce et facile ; elle s'avance avec majesté vers le sud, et offre un amphi-
théâtre d'où surgissent les clochers go-
thiques de Saint-Paul, de Notre-Dame
de Recouvrance, la basilique de Saint-
Aignan et les tours délicates et frêles
de Sainte-Croix, la cathédrale.

A la tête du pont , du côté de la So-
logne, voyez, comme deux géants, s'é-
lancer côte à côte et immobiles, ces
deux tourelles ! Demandez-leur quels
grands combats elles ont vus , demandez leur quelle gloire leur a donné
cette imposante fierté..... Ah ! nos
échos n'ont gardé qu'un nom; mais
le retentissement de ce nom a chassé
bien loin l'étranger ! Les Anglais dis-
paraissaient devant lui comme devant
l'ange exterminateur, et ce nom d'é-

ternelle mémoire, nos enfans, bercés au
bruit de nos victoires nationales, vous
l'apprendront : c'est la pucelle !...

C'est là que notre jeune héroïne disait à Dunois :

— Avez-vous vos éperons?

— Pourquoi, Jeanne ?

— Parce que les Anglais fuiront de -
vant nous.

Le second coup de vêpres a sonné ;
on attend le tintement de la petite
cloche, après lequel il n'est plus permis de tarder une minute. Nous écou-
terons un fragment de conversation
entre Gautier, avec qui nous avons
déjà entamé connaissance , quelques

voisins moins connus, et Michot son cousin. L'entretien a lieu dans un cabaret de la rue de la Barillerie, qui aboutit au cloître Saint-Samson. Au coin est une boutique ; au-dessus est écrit : *Michot, charcutier,* et vis à vis, *Gautier, marchand boucher.* La femme de Michot est à son comptoir.

GAUTIER.

C'est en Allemagne que l'hérésie a commencé. C'est Luther qui a insulté le pape, et le pape l'a excommunié. C'est bien juste ! voilà qui lui apprendra à ne pas respecter notre saint père.

MICHOT.

On dit qu'il a tué sa femme, deux enfans, et un prêtre qui lui avait donné de quoi vivre pendant son séminaire.

GAUTIER.

Ce qu'il y a de plus désolant, c'est que son caporal est un nommé Calvin, qui a étudié ici à l'université d'Orléans. Il y a aussi Théodore de Bèze.

ROBINET.

Je leur conseille de se mêler de la religion : ils devraient bien plutôt me payer les chaussures qu'ils me doivent.

MICHOT.

Voilà les gens qui veulent causer du tort à la sainte église!

GAUTIER.

Ils peuvent se vanter de lui en causer du tort, les scélérats! La moitié d'Orléans au moins est de ce parti là. Pour mon compte, j'en connais, et pas de la canaille seulement, des bourgeois, des nobles, des échevins....

3.

MICHOT.

Quelle désolation!...

GAUTIER.

C'est à nous de nous tenir ferme! de
mourir plutôt que d'abjurer!...

TOUS.

— Certainement!...

La cloche de Sainte-Croix tinte.

GAUTIER.

— Ah! voilà vêpres qui va commencer : allons prier le bon Dieu.

Ils sortent et se quittent avec douleur.

C'est qu'en effet, depuis l'arrivée du
ministre protestant Toussaint, une
conférence secrète, tenue chez M. d'A-
libert, dans le marché à la Volaille, vis-

-à-vis l'église de Saint-Hilaire, a porté ses fruits : la religion nouvelle a pris un grand accroissement : les échevins, les juges, les négocians, les hommes de loi ont en partie adopté cette religion, qui leur semble plus simple et plus pure : il n'y a pas la moitié de la ville, comme le dit Gautier, mais le nombre des protestans est très-considérable ; il menace de s'accroître encore davantage. Les douze échevins même sont protestans ; et les catholiques, pour contrebalancer leur pouvoir, leur en adjoignent douze de leur communion. Une espèce de tolérance leur laisse toutes les facilités pour se communiquer. L'esprit de prosélitisme, naturel aux institutions qui commencent, est surtout le caractère distinctif des religionnaires ; ils ont tellement avancé leurs affaires, ils ont tant de crédit, qu'en

1561, ils obtiennent le droit de célébrer le premier exercice de leur religion dans l'église des Carmes ; mais
cette espèce de profanation ayant excité le courroux du peuple, quelque
temps après le monastère fut pillé.

Au milieu des querelles particulières,
des rencontres et des combats entre
bourgeois et peuple, soit en armes,
soit désarmés, la religion protestante
prend une attitude menaçante. Orléans, boulevart de la France contre
les étrangers, fut une des villes qu'elle
choisit pour asile et pour rempart.
Déjà les scènes graves qui s'y étaient
passées semblaient inviter la réforme
à venir y chercher retraite. Dans les
commencemens de la religion, on avait
fermé les yeux ; on ne les ouvrit que
lors qu'il était inutile.

Quelques traits isolés et authentiques
suffiront sans doute pour donner une
juste idée de la position politique du
pays.

On était au dimanche de Pâques ; a
la ferveur religieuse se joignait celle
d'une époque où l'âme se renouvelle ;
les églises d'Orléans et des faubourgs,
assez nombreuses pourtant, étaient
pleines ; les protestans seuls ne pre-
naient point part à l'allégresse générale. Tristes, silencieux, ils passaient la
journée en prières dans leurs maisons :
leur retraite les exposait, de la part des
catholiques, à mille accusations, plus
absurdes les unes que les autres, de sor-
cellerie et de magie. Colas Pannier, vi-
gneron, demeurant faubourg Bourgogne, près de l'Orbette, qui avait, un des

premiers, adopté la reforme, était, avec ses parens, renfermé dans sa maison, veillant à son intérieur. Tout à coup une vache blanche et noire, qu'il aimait comme un enfant, s'échappe; dans un accès de gaîté, elle court à travers champs; il la suit: elle court, il la poursuit: elle redouble d'activité, traverse les venelles, arrive à l'église, entre dans le cimetière: Colas l'y atteint... Il en ferme la porte, s'approche d'elle et s'apprête à la saisir. Epouvantée, la belle fugitive se précipite sur la porte, la brise, avance, et la voilà d'un bond au milieu de l'église. Vous voyez d'ici l'effroi, les cris des femmes, des enfans, la colère des prêtres troublés dans le plus sérieux de leur cérémonie! Bientôt la peur fait place au courroux; la foule des hommes s'arme de bâtons, de

« Pour terminer tous nos débats,

« Tu n'as qu'à t'enquérir là-bas

« Laquelle est la foi véritable.

Cependant des armées étaient en campagne ; les protestans, devenus une puissance, enhardis par des succès, recrutaient les mécontens ou les fidèles, et faisaient trembler la royauté. Le prince de Condé leur avait prêté, en se joignant à eux, l'appui de son nom et de ses talens militaires. Le 2 novembre 1562 il s'empare d'Orléans, loge dans une grande maison de la place de l'Etape, non loin des dominicains, là même où il avait été retenu prisonnier par François II, en 1560. Il établit dans Orléans son quartier général. Les Calvinistes, devenus insolens par leur position, rendent aux catholiques toutes les persécutions qu'ils en avaient reçues. Sachant qu'on

ne les laisserait pas maîtres long-temps
d'une place aussi forte, aussi bien située,
ils commencent par abattre le toit de
la Tour neuve, près du pont, sur le
bord de la Loire, et scellent des canons
sur la plate-forme; ils pillent, dévas-
tent et ravagent, à diverses époques,
les églises Saint-Donatien, Saint-Eloy,
Saint-Euverte, et mettent leurs chevaux
dans le chœur: Saint-Jean l'Évangéliste,
Saint-Loup, monastère de religieuses
bâti sur la colline de ce nom, vis-à-vis
l'ile qui est au milieu de la Loire, au-
dessus du pont; ils forcent les religieuses de boire avec eux dans les vases
sacrés, et laissent les saintes femmes
dans un état d'ivresse parfait; ils ravagent Saint-Marc, Saint-Paterne, en
déchirent les registres et les jettent au
feu, au milieu des cris de joie: Saint-
Paul, Saint-Pierre Ensentelée et Saint-

Pierre le Puellier, où le Christ avait, dit-on, versé des larmes de sang sur les progrés de l'hérésie, fait attesté par un enfant de chœur et la domestique du curé. L'argenterie de la plupart des églises fut portée dans la Tour-Neuve d'où le prince de Condé la fit enlever après inventaire pour en battre monnaie.

Dans une de ces excursions sur le domaine des églises catholiques, les protestans emportèrent de la chapelle Saint-Jacques, au bas de la rue Sainte-Catherine, les statues de Louis XI et de Louis XII, les brisèrent et les trainèrent à la rivière. Une femme papiste, convaincue d'avoir maudit les protestans, fut condamnée à porter vingt écus au prince de Condé.

C'est à cette époque que se passa l'a-

necdote des chats ferrés. Un savetier
protestant de la rue du Bourg-Cointel,
(Coin du Bourg d'Avenum), avait un
chat qu'il affectionnait singulièrement.
Un catholique, savetier aussi, et jaloux
des pratiques de l'autre, lui prend son
chat, à qui il ferre les pates, et il le jette
sur la glace de la Loire, où son maître
manqua périr en cherchant à le sauver.
De là coururent mille plaisanteries sur
le chat ferré et son maître, qui rongeait
sa colère en attendant le moment de se
venger.

Quand le prince de Condé, par sa présence à Orléans, donna courage et puissance aux réformés, le savetier outragé
songea à venger son injure. Il saisit le
chat de son voisin, lui attache entre
les pates de devant une baguette en

forme de ligne à pêcher, et le lance dans l'eau, au bout du quai, près la Barre Flambert. Nouvelles querelles entre les deux savetiers, qui devinrent sérieuses : car les amis de part et d'autre s'en mêlèrent. Enfin l'on se moqua des deux : chaque maison prit le nom d'un chat ; là plaisanterie se réalisa, et une belle enseigne, indiquant aux chalans que l'anecdote attirait à chaque savetier, la maison du propriétaire, portait d'un côté: *A la maison du chat qui pêche*, et de l'autre: *Au chat ferré*.

Même année, 1562, le duc de Guise vint assiéger Orléans. D'Andelot-Coligny, beau-frère de l'amiral, y commandait alors pour le prince de Condé. Dans une escarmouche où les troupes du duc de Guise eurent quelque avan-

tage sur les avant-postes, les protestans, échelonnés sur les Augustins, Olivet et Cléry, eurent une telle frayeur,
qu'ils rabattirent vers la ville, dont ils
encombrèrent le pont. D'Andelot-Coligny ne put lever le pont-levis et bais-
ser la herse : Guise faillit entrer dans
la ville, qu'il eût prise, si cet encom-
brement même n'avait été un obstacle
pour lui. Peu de temps après, Guise
s'empara des tourelles, d'où il fut bientôt débusqué. Un fourrier Gascon,
qui les lui avait livrées, fut pendu sur
le Martroi. Les catholiques étaient alors
forcés de se cacher pour pratiquer leur
religion. Un prêtre, vicaire de Sainte-
Catherine, fut surpris disant la messe
dans un grenier; on l'emmena, revêtu
de ses ornemens, on lui mit un mo-
rion en tête et à la main une halle-

barde. On le posta, comme en faction,
à la tête du pont; on le garda ainsi un
jour entier exposé à toutes les plaisanteries, sans repos et sans nourriture.

Au commencement de son règne,
Charles IX vint à Orléans : pour ôter aux
protestans la possibilité de s'y maintenir, il voulut détruire les fortifica-
tions, et bâtir un fort à la porte Bannier.
On obtint un sursis. Enfin, il y fit
construire une citadelle. On ouvrit
une porte, près de la Tour-le-Roi, qu'on
appela porte de l'Evangile. On abattit
encore des tours non terminées, la
tour des Conins et de Saint-Laurent,
à l'angle sud-est de la ville.

Mais, de part et d'autre, la bonne
foi était la chose religieuse qu'on ob-

servait le moins ; les hostilités cessaient et reprenaient, suivant l'intérêt des partis.

En 1565, des soldats du prince de Condé attirent dans un lieu infâme une jeune personne de bonne maison : un soldat consomma sur elle un attentat horrible. Le prince de Condé fit arrêter les coupables : on les brûla vifs. Quelques protestans prétendirent que ce crime avait été commis par des catholiques.

En 1567, Caban y commande pour le roi. Tranquille et se reposant sur les gardes et les tours, il néglige de visiter les postes. Lanoue, capitaine de Condé, se glisse dans la ville avec une troupe de quinze cavaliers seulement, en ayant soin de les faire entrer par

compagnies de deux ou trois déguisés,
comme lui, en paysans. Ils pénètrent
jusqu'au Martroi, où ils se réunissent
et tombent sur les Orléanais. Ceux-ci
veulent se défendre ; mais les quinze
chevaux les mettent en fuite. Caban ,
instruit trop tard , se réfugie dans la
citadelle de la porte Bannier, où il
livre un dernier combat vers la rue
qui porte encore son nom. L'armée
protestante, de nouveau maîtresse d'Orléans, s'y maintint avec assez de fermeté pour que le roi , et Catherine de
Médicis elle – même , se vissent forcés
d'en venir surveiller le siége. L'armée
catholique s'étendait par les campa-
gnes d'Olivet, de Cornay, de Boût, et
généralement sur les bords du Loiret,
au-delà et en-deçà. Cet appareil, la
lassitude des guerres, quelques succès.

importans des armées royales, le désir
de voir renaître le commerce, religion
des Orléanais, leur faisaient désirer
vivement la fin de ces troubles. Ils
n'auraient pas demandé la paix, mais
ils l'auraient accueillie avec transport .
Chaque parti avait soif de repos : Orléans surtout, qui, suivant avec exac-
titude les chances de la fortune, était
toute catholique quand Charles IX s'y
trouvait; et quand y commandaient
Lanoue, Condé ou d'Andelot, n'était
plus que protestante.

Dans cette anxiété, apparut soudain
un fou, né on ne sait où, et que ne
connaissait personne, qui, échevelé, en
désordre, les yeux hagards, parcourut
la ville, en annonçant son incendie
prochain, la fin du monde, prédite,

suivant lui, par les prophètes pour
cette époque de terreur et de crimes,
et surtout la mort du duc de Guise,
qui paraissait l'obstacle le plus insur-
montable à la réconciliation du trône
et de la réforme.

Ce dernier avis de la mort du duc
de Guise frappa vivement un gentilhomme protestant nommé Poltrot de
Méré, connu par son dévouement à
la foi calviniste, et aux Coligny surtout. Un soir, muni d'un laissez-pas-
ser, il traversa le pont ; les gardes
abaissèrent la herse devant lui, et il
disparut. Les soldats furent tout surpris, lorsqu'au lieu d'un homme d'armes, ils furent obligés d'ouvrir leurs
rangs à un pauvre, souffrant, vieux,
ayant la barbe en désordre et s'appuyant sur un bâton.

Nous ne passerons pas ici sous silence tous les services que le jeune Gyvès avait rendus à sa religion, par ses lumières, sa justice et sa loyauté ; il avait empêché plus d'un crime, plus d'une vengeance ; et, quoique sa modération fût un blâme de la violence des autres, cependant son courage dans les troubles, sa constance dans la persécution, sa clémence dans la victoire, avaient fixé sur lui les regards de toute la ville : la première circonstance qui demanderait un homme capable devait rassembler pour son élection tous les suffrages.

Le chancelier de la reine de Navarre, Groslot, grand bailli d'Orléans, avait aussi montré un grand dévouement à la cause de la religion ; mais entêté et

fier, il avait souvent risqué de compromettre ceux qu'il voulait défendre.
Parmi les personnages importans, nous
n'oublierons pas madame l'amirale de
Coligny, que son époux avait reléguée
à Orléans pendant les troubles, et avec
laquelle il entretenait une correspon-
dance où brillent à la fois sa piété, sa
vertu et son amour pour le roi : madame de Coligny n'avait de lui que son
zèle religieux ; elle le poussait jusqu'au
fanatisme ; protégée par son nom , que
plusieurs catholiques respectaient en
le haïssant, de la fenêtre de la maison où elle demeurait, cloître Saint-
Aignan, elle outrageait du geste et du
regard les prêtres catholiques qui se
rendaient à l'office. Du reste, que les
protestans ou les catholiques fussent
les plus forts, elle ne changeait rien à

sa contenance. Dans le plus chaud de
la persécution, elle souriait aux mar-
mots du peuple qui venaient jouer sous
les beaux arbres du cloître, et qui
criaient sous ses fenêtres, avec ironie :
*Vive la reine Gaspard I*er *!*

Tout à coup, dans Orléans, retentit
un cri : le duc de Guise, chef de l'armée royale, est assassiné !

Ce bruit se confirma : il avait été
frappé dans un chemin creux, auprès
d'Olivet, par un protestant nommé,
dit-on, Poltrot de Méré. Le roi et sa
mère comprirent qu'il fallait conclure
la paix. Le traité se signa dans la petite Ile aux Bœufs, au milieu de la
Loire, à une lieue à peu près au-des-
sous d'Orléans. Gautier, qui s'était

dévoué aux intérêts du roi, présida
lui-même à la construction d'un pavillon violet, où devaient se réunir les
chefs de chaque parti.

Les cinquanteniers se rangèrent en
haie devant le pavillon. Soudain, de
chaque rive de la Loire part un bateau. Celui qui vient du côté de Saint-
Mesmin porte Catherine de Médicis,
Charles IX, le connétable de Mont-
morency, le duc d'Aumale et le secré-
taire de l'Aubépine; le bateau qui part
de la côte de Turcies Saint-Laurent
porte le chancelier Groslot, le prince de
Condé, d'Andelot Coligny, Saint-
Cyr, dit Puy-Greffier, et d'Aubigné,
son lieutenant. Le bateau de la reine
arrive le premier, et aussitôt après le
débarquement s'éloigne de l'île et

reste en panne au milieu du bras de rivière : l'autre en fait autant.

Catherine et ses compagnons entrent dans le pavillon ; elle jette en passant un coup d'œil à Gautier.

— Ah ! oui, madame.... Mais ce qui est différé n'est pas perdu...

— Chut !...

Arrivent, puis entre à leur tour les députés protestans. La reine fait un signe et l'on prend place.

Tels furent les articles du traité :

ART. 1er. Amnistie pleine et entière est octroyée à tous ceux qui ont pris part aux guerres de religion.

Art. 2. Pourtant ne sont pas compris dans la présente amnistie ceux qui seraient accusés de quelque crime tout à fait étranger aux dissensions religieuses.

— Mais, observa le roi.

— Adopté ! On aura toujours des témoins pour ceux que l'on voudra reprendre , dit tout bas Catherine au roi.

Art. 3. Tout officier de judicature, comme magistrat, juge, greffier, qui a ci-devant professé la religion calviniste, se défera de sa charge ou abjurera.

Art. 4. L'exercice de la religion protestante est permis en toute liberté et publicité; mais seulement hors de l'enceinte des villes.

Le chancelier Groslot y consentit, se

promettant bien de leur ouvrir son
château de l'île. On signa.

— Au revoir, messieurs, leur dit
Catherine.

On se salua respectueusement et l'on
sortit du pavillon. En passant devant
Gautier, la reine lui adressa un sourire aimable.

—Au revoir, Gautier !

Et Gautier à demi-voix :

— Au revoir! toujours!

Les deux bateaux se remplissent des
personnes qu'ils avaient déjà apportées:
bientôt les deux embarcations touchent
le rivage, où elles sont accueillies d'un
côté par les soldats du roi, de l'autre

par les huguenots : Orléans est tout
entier sur le quai de Recouvrance, et
Gyvès est entouré de ses amis et des
notables de la ville, qui le félicitent et
l'embrassent.

Le traité fut proclamé à son de
trompe ; les habitans d'Orléans ouvrirent leurs portes au roi. Catherine
retourna à Paris. Voilà où en étaient
les choses lorsque Touchet reçut chez
lui sa majesté.

CHAPITRE III.

———

La Conversion.

Une commotion électrique se communiqua de proche en proche aux assistans.

— Le roi! le roi! roi!

Ces trois exclamations se suivirent de si près, qu'on ne peut trop dire quelle voix fut l'écho de l'autre.

— Elle a pensé à moi, dit Charles. Eh bien! monsieur de Touchet, qu'en dites-vous? N'est-ce pas là le fait d'un bon pasteur? Des brebis égarées s'éloignent du bercail; vous me fuyez, je me rapproche...

— Sire, comment ai-je pu mériter l'honneur ?

— Serait-ce pour me voir? se demandait Marie... Quelle heureuse figure !

— Je viens vous convertir. Comment, une aussi jolie personne deviendrait la proie des flammes de l'enfer ?

— Mais, sire, j'espère bien être sauvée...

— Ne l'espérez pas ; vous apparte-
nez d'avance au diable.

— Nous tâcherons de nous arranger
avec lui ; et, s'il faut du retour, nous
sommes trop bon père...

— Pas de blasphêmes, messire Touchet ; il est puissant. Mais il y a un
moyen d'éviter l'enfer ; il faut vous
convertir.

— Abjurer !

— Non, mais revenir ; ce ne sera
pas difficile : ce n'est pas un coup d'es-
sai pour vous. Si cette aimable enfant n'est plus hérétique, je la marie.

— Elle a son fiancé, monsieur de
Gyvès.

— Le fils de l'échevin ? c'est au dessous d'elle : moi, je lui destine un sei-

5

gneur; je me charge de sa dot, et vous,
je vous attache à ma personne.

— Sire, dit Marie, la foi...

— Vous serez duchesse.

— Mais quand on croit sincèrement
à une religion, repliqua Touchet.

— Vous croyez, monsieur de Touchet ?... Vous aurez un emploi à
ma cour.

— L'amour de Dieu permet-il ?...

— Je vous aime...

— Qu'entends-je! Et Marie tressaillit.

— Votre culte n'est que fausseté,
dit le roi. Une fois à la cour, vous

vous ferez instruire par le confesseur
de la reine, et vous penserez comme
moi. Tavannes, va continuer avec
monsieur de Touchet ce que j'ai si
bien commencé... Achève sa conversion ; moi, je me charge de convertir
sa fille.

Tavannes prit Touchet par la main
et l'entraîna doucement.

— Cependant, vous concevez quels
scrupules je dois avoir... disait Touchet
à Tavannes en sortant.

Charles resta seul avec Marie.

— Et vous aussi, charmante hérétique, vous comprenez bien que la religion catholique, apostolique et ro-
maine. . . . .
. . . .

5.

Cette fois encore la religion triom-
pha, grâce au dieu du paganisme le
moins chrétien, et la foi compta deux
martyrs de plus.

Heureuse puissance de deux beaux
yeux ! royauté toute individuelle, qui
égalise les rangs et réalise les brillantes illusions des politiques ; Charles,
oublie un instant les guerres civiles et
les malheurs de tes sujets ; étouffe sous
le bruit de tes baisers l'écho des canons
qui grondent encore : sois amant, sois
jeune homme un seul jour. Bientôt
reviendront les devoirs du roi, les
proscriptions sanglantes, le meurtre
des femmes, des enfans, des vieillards,
et tout ce cortége horrible dont les
intrigues de ta mère et ta faiblesse
doivent pour jamais entourer ta mémoire.

Enchanté de sa conquête, Charles resta long-temps à Orléans. Ce n'était que bals, que fêtes, que plaisirs. Il donna à Marie Touchet le château du Hallier; il parcourut avec elle les rives du Loiret, chassa dans les belles forêts d'alentour, et passa, dans l'ivresse de son amour, les jours en courses et les soirées en réunions brillantes. Elle abjura publiquement avec son père, dans la cathédrale, entre les mains de M. Masson de Morvilliers, évêque d'Orléans, et accompagna, avec le roi, plusieurs processions solennelles des catholiques. Cette abjuration de Touchet et de Marie produisit une grande sensation : les protestans de leur connaissance les abandonnèrent ; tout le peuple plaisanta amèrement de cette conversion soudaine ; les catholiques même ne la crurent pas assez franche pour l'honorer ; ils laissèrent percer leur mécontentement. Les hommes en place seuls fêtèrent Marie et son père, par flatterie pour le roi. Le père Levé se réconcilia sincèrement avec son voisin, et bénit la providence qui ramenait un fils repentant dans le giron de l'église catholique. Marie eut beaucoup d'humiliations à soutenir. Après la publication de l'édit de paix, le chancelier Groslot annonça aux réformés qu'il leur donnait son château de l'Isle, à quelque distance d'Orléans, de l'autre côté de la Loire, pour y exercer librement leur culte. Comme il fallait traverser le pont pour s'y rendre, les huguenots étaient exposés à une infinité de vexations, de bons mots, d'insultes même, auxquels Charles IX ne crai-

gnit pas de se joindre, en allant quelquefois, le soir, attendre les protestans
au retour du prêche, et en chantant
ironiquement à leur passage des psau-
mes français, de Théodore de Bèze,
qui renfermaient des allusions à leur
situation douloureuse. Car, sitôt après
la paix, les catholiques avaient montré
la tête ; les abjurations de quelques
membres de la magistrature, et surtout la présence du roi et de ses troupes les avaient enhardis ; la persécution
qui commençait à tomber sur les réformés, pour des bagatelles, annonçait
quelque chose de plus horrible pour
l'avenir. C'est dans ces entrefaites que
Catherine de Médicis manda impérieu-
sement son fils à Paris. Il quitta Marie
avec désespoir, en jurant de revenir
ou de l'appeler près de lui. Gautier, qui

était tout fier d'avoir touché de près
à la reine-mère, avait redoublé d'in-
solence et de férocité : les protestans
étaient redevenus timides et tremblans
comme dans leur origine ; le traité de
paix avait vu l'article de l'amnistie qui
concernait une grande portion d'entr'eux, violé ou mal interpreté ; de sorte
que tous les réformés, qui avaient été
soldats, s'étaient réfugiés dans les
forêts, préférant vivre au hasard et à
la grâce de Dieu, plutôt que de se fier
à des traîtres.

Gyvès avait, quelques jours avant
leur abjuration, cessé de fréquenter la
maison des Touchet ; il s'était renfermé
dans l'intimité du chancelier Groslot ;
il y avait vu sa fille ; il avait apprécié
les excellentes qualités d'Aurélie, la

meilleure et peut-être la plus jolie Orléanaise ; et malgré la réserve, le respect de Gyvès , les sociétés de la ville ,
toujours prêtes à marier les jeunes gens
qui se voient souvent , applaudissaient
à une alliance aussi honorable qu'utile
à la religion.

CHAPITRE IV.

———— ❦ ————

Un Bal au Louvre.

Nous sommes dans le Louvre, loin
de ces bruits de guerre et d'amour
dont Orléans avait si long-temps re-
tenti.

Charles est seul, il baille... se lève,
se promène, se rassied et baille de nouveau

— Ah !... que je m'ennuie ! Que ce
Louvre est fatigant ! et tous ces courtisans ! quelle fausseté !.... qu'il y a
loin de leurs protestations de dévoû-
ment à cet amour si tendre, si vrai, de
ma bonne Marie ! Je serais resté toute
ma vie à Orléans ! Pourtant quels plaisirs offre-t-il? aucun! De vilaines rues,
des sociétés pédantes, des femmes pré-
tentieuses... Je n'y ai trouvé d'aimable
que Marie. Marie ! à son nom seul
mon cœur bat, et tous ces plaisirs qui
m'ont enivré près d'elle, reviennent
armés de toute la magie de l'absence.
J'ai voulu chasser... Chasser ! cela m'a-
musait jadis. Depuis que j'ai chassé

avec Marie dans la forêt de Cercotte,
la forêt de Fontainebleau ou de Ram-
bouillet me paraît insipide.... Je n'y
vois pas ces bancs de gazon si verts,
si frais, ou plutôt je n'ai plus Marie
pour m'y asseoir avec elle. Ce Louvre
a-t-il, dans ses peintures, une aussi jolie
figure que la sienne? Si elle était ici,
ces grands salons ne me sembleraient
pas déserts! Elle charme tout de sa
présence. Allons, il faut pourtant être
raisonnable...... Pour me distraire,
poursuivons mon ouvrage sur la
chasse.

« Telle la chasse, telle la bête. Ami
lecteur, pourras-tu lever le lièvre avec
le basset, et le sanglier avec le levrier ?
Le chien dont la fidélité...) il s'interrompt), la fidélité.... je suis bien sûr

que Marie m'est fidèle.... Si elle ne
l'était pas... Je ne puis rester plus long-
temps loin d'elle..... il faut la rejoin-
dre.

— Sire, sire, grande découverte !

Le roi se retourne : c'était Dorat,
un de ses poètes favori.

— Sire...., j'ai trouvé... Et la joie le
suffoquait ; j'ai trouvé.. Permettez-m...
Que peut offrir à votre majesté *Marie
Touchet ?*

— Ah ! grâce, esprit, finesse, amour
et bonheur.

— Son nom renferme tout cela.

— Vous croyez ?

— Si votre majesté veut se donner avec moi la peine d'épeler son nom....

— Dépêchons ; vous me faites mourir d'impatience.

Dorat écrivit le nom de Marie Touchet en caractères éloignés les uns des autres.

MARIE TOUCHET.

— Vous voyez ?

— Oui , voilà une combinaison....

—Suivez : j'enlève d'abord le *j* ou l'*i*, cela revient au même ; ensuite l'*e*, et j'en forme un mot : je....

Il efface du nom de Marie Touchet les lettres qu'il annonce.

— C'est vrai.... c'est charmant.

—Ensuite le *c*, l'*h*, l'*a* l'*r*...

— Charles ! dit le roi.

— Il n'y a pas d'*l* à Marie Touchet.

— C'est vrai, étourdi !

Un gentilhomme de la chambre entre et annonce l'ambassadeur d'Es-
pagne.

— Nous sommes occupés ; dites-lui
qu'il s'adresse à ma mère. On n'a le
temps de rien.... Poursuivons....

—Nous avons déjà *je char*..... nous
trouvons encore *m* , *e* , ce qui fait je
charme. Il reste quatre lettres qui font :
t o u t , tout.....

— Je charme tout ! s'écria le roi avec transport... Pauvre Marie ! certes, oui, elle charme tout. Ah, Dorat, si vous l'aviez vue !.... J'y retournerai... merci, merci. Le souvenir de Marie, qui me suit partout, vient de prendre de nouvelles forces.... Nous causerons une autre fois plus longuement... Adieu; laissez-moi. Vous demanderez trois cents pistoles à mon trésorier.

Dorat sortit triomphant, Charles resta rêveur.

— Je voulais être seul : la solitude me fatigue déjà.... Je n'ai qu'un moyen d'être avec Marie ; je vais faire des vers pour elle. Il prend un crayon, se promène, et compose en se promenant :

Combien j'ai mon âme marrie,
　　Marie,
De venir faire ici le roi
　　Sans toi !

Sois-en certaine, ma couronne,
　　Mon trône,
Qui fatiguent des envieux
　　Les yeux,

Ne présentent pas à mon âme
　　La flamme
Qui jaillit de tes deux flambeaux
　　Si beaux !

L'éclat brillant du diadème
　　Qu'on aime,
Nos beaux marche-pieds de velours
　　Si lourds,

La pompe de ma capitale
　　Fatale,
Et les monumens de Paris
　　Chéris,

Ne valent pas pour moi ces herbes,
Ces gerbes
Que foulaient avec tant d'appas
Tes pas.

Ne crois pas qu'en ce deuil funeste
Je reste :
Je veux revoir tes doux attraits
De près.

Je laisserai ma capitale
Fatale,
Je laisserai pour Orléans
Céans.

Catherine de Médicis était entrée vers la fin de ces couplets ; les deux derniers vers l'effrayèrent : elle s'a-vança avec vivacité vers le roi, et soudain elle s'arrêta ; Charles, surpris, la regarda en silence.

— Eh bien, mon fils, lui dit Cathe-rine, encore rêveur, toujours amou-

6.

reux ; votre esprit et votre cœur bat-
tent la campagne.

— Eh, ma mère, qu'ai-je besoin de
penser aux affaires ? n'êtes-vous pas là
pour régner ?

— Oui; mais plus forte que moi pourrait se lasser : une femme.....

— Vous êtes plus roi que moi.. Mais
vous voulez me parler encore politique ; pardon. Et il allait sortir.

— Parlons de Marie Touchet ?

— Ah, oui, ma mère !

— Frivole jeune homme ! toujours
une femme ! jamais la France....

— J'ai tort : je vous écoute..

— Mon fils, les protestans commencent à se montrer de plus belle.

— Encore des guerres civiles ?

— Non, mais encore le besoin de les prévenir.

— Il faut en finir, c'est fatigant.

— Sans doute ; car ils pourront vous ôter jusqu'à la fatigue de régner.

— Me détrôner !.... qui mettrait-on à ma place ?

—Votre successeur est déjà nommé : Gaspard premier, vulgairement dit l'amiral.

— Coligny !... voilà long-temps que je l'en soupçonne.

— Je l'aurais parié... vous lui témoignez tant d'amitié.....

— C'est un traître !

—'Il faut le punir comme tel.

— Qu'on le livre au parlement.

— Le condamneront-ils ?

— Oui , quand ils sauront que je le désire.

— Il ne faut pas qu'ils le sachent.

— Ce serait tout ameuter contre nous dit Cathrine.

— Cherchons donc un moyen qui sauve le trône sans danger.

— Écoutez-moi ; voilà mon plan , mûri dans cette tête, mieux taillée pour la couronne que la vôtre. Le duc de Guise et moi avons résolu de donner, le 24 août, à minuit, le signal de la

destruction des hérétiques. Au son de
la cloche de Saint-Germain, toute la
France catholique se levera, le glaive
à la main : signez seulement cet acte.
Tous les ennemis de Dieu et du roi
tomberont sous la vengeance populaire,
et sur ces ruines sanglantes s'élèveront,
inaltérables et forts, la croix de Jésus-
Christ et le sceptre de France.

Catherine, emportée par son exalta-
tion, ne s'est pas aperçue que le roi ne l'é-
coute pas : elle s'en approche pour lui
présenter l'acte; elle jette un cri de terreur. Charles, pendant la confidence
de la reine, avait éprouvé une foule de
sensations trop vives pour son caractère
naturellement apathique ; de grands
tremblemens l'avaient saisi au premier
mot de la conspiration des huguenots,
mais il tremblait plutôt d'indignation

et de rage que de crainte ; ensuite lorsqu'il entendit le plan de la Saint-Barthélemy , frappé comme par la foudre,
il était resté haletant ; le sang lui avait
monté à la tête , et était sorti en
abondance par les narines , les yeux et
la bouche.

— Que vois-je , quel horrible état !...
Tavannes , holà , quelqu'un !...

Tavannes accourut et prodigua ses
soins au roi , qui reprit lentement ses
sens.

— Mon fils , comment vous trouvez-
vous ?

— Mieux, ma mère. Cette révélation
soudaine.... ce ne sera rien.... ce sang
m'a soulagé ; mais... pour ce que vous

me proposez, je n'y consentirai jamais.
Et il sortit soutenu par Tavannes, lais-
sant Catherine interdite.

— Jamais.... il faudra bien que je
l'obtienne.

— Tout est prêt pour la soirée que
votre majesté m'a demandée... Catherine se retourna, et courant à madame
de Cossé.

— La soirée aura lieu... ne laissons
pas soupçonner que le roi soit malade.
Vous avez invité ce que la cour possède
de plus brillant ?..

— Tous sont prévenus.

— Je passe près de mon fils, je vous
nomme la surintendante de la fête;

vous en ferez les honneurs. Elle sortit
en souriant.

Madame de Cossé reçoit les musiciens,
qu'elle fait placer sur une estrade au fond
de la galerie; des domestiques, des officiers de service se mettent en mouvement; des fauteuils, des tabourets, des
bancs sont disposés de côté et d'autre;
des rafraîchissemens passent et repas-
sent; enfin, tout l'appareil d'une soirée.
L'heure avance, et bientôt le jour plus
sombre annonce l'approche du bal; on
allume les lustres et les bougies, qui
brillent et se reflètent dans les glaces; la
clarté va au loin glisser sur les flots de
la Seine, qui murmure au pied du Pré-
aux-Clercs, et le huguenot, qui, de
l'autre rive, voit l'agitation de la maison royale, maudit ce luxe qui insulte
aux douleurs encore saignantes de la

guerre civile ; mais une plainte ne franchit pas le seuil d'un palais. La fête continue, tout est en ordre ; on peut danser au Louvre. Madame de Cossé, triomphante, va recevoir les invités ; sa fille entre parée ; elle court à elle, l'embrasse, et lui dit tout bas : Bien.... tâche de te rapprocher du roi ; regarde-le amoureusement, comme cela. (et elle lui montrait comment on ferme à-demi les yeux pour leur donner un air de langueur. Vous avez déjà deviné quels projets on a sur le cœur du roi.) Tâche qu'il croie que tu es folle de lui.

— Mais, maman, je le suis déjà un peu.

— Il faut le paraître davantage.... Tâche de lui plaire, et notre fortune est faite.

— Oui , maman.

— As-tu entendu la messe ?

— Oui , maman.

— Cela te portera bonheur.

Après elle, se présentent Maria de Caracchioli, Vanina d'Ornano et Mathilde ; elles s'embrassent , se promènent en causant de leurs amans ; quelques seigneurs de la cour les escortent, les complimentent. Le salon se remplissait pour l'arrivée de la reine de Navarre ; elle est accompagnée de Coligny et de Téligny ; elle est suivie d'Henri d'Albret , qui, aussitôt son arrivée , aborde Vanina d'Ornano et fait avec elle plusieurs tours de galerie.

Est-elle coquette, parce que c'est un roi, murmurait Émilie de Cossé : moi, je serais bien fâchée de lui plaire. Ce n'est pas à lui que maman m'a dit.

Voici la comtesse de Turgis et le comte de Comminges, qui lui donne la main. Un frémissement de satisfaction et d'envie s'élève à leur vue (1).

—Tu fais sensation comme le roi, lui dit Comminges, heureux et fier comme un amant avoué.

Puis, voilà le duc de Guise, escorté de sa nombreuse cour, à laquelle se mêle Maurvel. Guise s'avance avec noblesse et dignité. Coligny et le duc se voient de loin, ne s'approchent pas et se saluent à peine.

(1) Tout le monde a lu l'admirable chronique dont la comtesse de Turgis est l'héroïne.

— En voilà un qui flaire de près le
trône de France, dit tout bas Coligny.

Parbleu, dit Guise à Maurevel, en
voilà un qui a bonne envie du trône de
France ; et il lui montrait Coligny. Tu
vois, c'est ce vieux, à l'air si dédai-
gneux.

— Je ne le manquerai pas.

La fête est complète, mais la foule empêche de distinguer toutes les figures,
de nommer tous les noms. Enfin, au milieu du silence, entrent Catherine de Médicis, le roi, suivis de Tavannes, d'Aumale et du duc d'Anjou. Charles est remis
de sa crise ; il est seulement un peu
plus pâle : du reste, il marche avec
beaucoup d'aisance. Le roi donne le
signal, l'orchestre commence, les qua-

drilles se forment. Madame de Cossé
s'est rapprochée de la reine; sa fille
s'étudie à faire des signes au roi, qui
ne les comprend pas. Au milieu de
l'agitation, elle s'appuie sur le dos de
son fauteuil, et lui dit tout bas à l'o-
reille : — Sire, je vous aime....

—Que dis-tu, Marie? répondit soudain le roi; mais il revient à lui, regarde, et voyant Émilie interdite, il
s'avance vers elle pour la rassurer, et
lui présentant la main : voulez-vous
danser avec moi, mademoiselle de
Cossé ?

—Oui sire... Elle était rouge et pâle.

Le bal est à son plus haut période
de joie et d'ivresse; le roi, qui a recon-
duit Émilie, adresse un signe à Ta-

vannes et sort ; Tavannes le suit , mais
avant de sortir , il remet un billet à
Catherine , alors assise auprès de la
reine de Navarre.

— Comment trouvez-vous que je
suis gantée ? lui demandait-elle...

— C'est un savant homme, que celui
qui a pu trouver si juste la mesure
des jolis doigts de votre majesté , lui
répondit gracieusement la reine de Navarre.

— Ne soyez plus jalouse , en voici
de pareils ; et elle tira de son aumô-
nière une paire de gants jaunes.

— C'est un don de votre majesté , il
me deviendra précieux.

— Ne les chiffonnez pas , vous les

ouvrirez chez vous. Elle sentit dans sa main le billet de Tavannes , et se mit à le lire. La reine de Navarre , par discré-tion , se leva pour aller essayer ses gants ; elle y trouve un parfum , elle en respire l'odeur. Catherine , ayant lu le billet , jette un cri de surprise et de colère , tandis que la reine de Navarre tombe sans connaissance entre les bras de Coligny et de Henri.

— Ah ! la tête... du secours.

— L'insensé !... Un courrier , une voiture, s'écrie Catherine.

L'agitation la plus vive règne dans le Louvre. On se retire en désordre ,

chacun avec une pensée différente : Coligny , avec tristesse ; Henri d'Albret,
désespéré ; Catherine, furieuse, la reine
de Navarre mourante, et le duc de
Guise triomphant.

CHAPITRE V.

Les Fiançailles.

Nous laisserons le Louvre se démê-
ler au milieu de la confusion générale,
et nous reviendrons à Orléans; nous
descendrons place de l'Etape, et, après

avoir monté un perron de briques, nous
nous reposerons un moment dans une
vaste salle d'audience de l'ancien hôtel-
de-ville : c'est un monument très-go-
thique. Cette salle a deux cheminées im-
menses, dont chaque pilier est formé par
une cariatide de marbre qui en soutient
l'entablement; au-dessus des cheminées,
aux vitraux, aux dessus de portes , aux
fenêtres , aux plafonds , est la devise de
Louis XII, un porc-épic, avec ces mots
en légende : *Cominus et eminus*. On y
remarque aussi, aux angles du plafond
et aux vitres, le chiffre de Henri II avec
celui de Diane; au fond, au-dessus d'un
encadrement de boiserie, un grand cru-
cifix.

Sipierre est assis au milieu d'une table; aux deux extrémités sont Tripaut

et Dupleix, ses adjoints au gouverne-
ment

— Oui, messieurs...; et ce ton de fa-
miliarité protectrice nous a déjà an-
noncé messire de Marcilly, seigneur de
Sipierre; oui, Messieurs, c'est comme
j'ai l'honneur de vous le dire ; je l'ai
encore là ! Ce fut au joyeux avènement
de sa majesté Henri II et de la reine ;
on donna un grand tournoi : j'eus l'honneur d'être cavalier-tenant avec le duc
d'Aumale, le sieur de la Marche, le
sieur de Saint-André, maréchal de
France ; le sieur de Boissy, grand-
écuyer, et Tavannes. C'étaient de ru-
des jouteurs : sans forfanterie, le dernier des six en valait bien d'autres, et
je n'étais pas ce dernier. Nous caraco-
lâmes devant leurs majestés deux gran-

des heures, en plein soleil, aux ap-
plaudissemens de toute la cour. La reine
mère, l'auguste Catherine de Médicis
elle-même, me trouva tant de grâce à
manier un cheval, qu'elle me fit nommer gouverneur d'Orléans.

— C'est ainsi que le mérite se met en
évidence, observa Tripaut. C'est un
tournoi auquel nous avons de grandes
obligations.

— Oui, certes, nous devons rendre
grâce à ce tournoi, répondit Dupleix,
qui se serait bien gardé d'avoir une
opinion.

— Par Dieu, je ne suis pas de votre
avis. Ces Orléanais sont si rétifs! on a
raison de les appeler Guépins. Ne s'en

prennent-ils pas à mon nom? Savez-
vous le jeu de mots qu'ils répandent contre moi? *Trois cailloux valent mieux
que Sipierre.* Vous comprenez : trois
cailloux, ce sont les armes de la ville ;
c'est comme s'ils disaient : Les Orléanais valent mieux que leur gouverneur.
Ah! ah! Il rit, et Tripaut et Dupleix
l'imitèrent.

Entre un domestique avec des lettres.

— Ah! les lettres! voyez.

« Les protestans de Neuville, Pithiviers, etc., se plaignent qu'on viole à
leur égard l'amnistie : beaucoup d'entre eux sont contraints à errer sans do-
micile, dans la crainte des jugemens
rendus injustement contre eux. »

— Ils se plaignent toujours ! Au panier cette lettre ! c'est la seule réponse à faire à des renégats.

— Quelle piété !

Est-ce Tripaut ou Dupleix qui fit cette observation? mais elle fut dite bas, comme au théâtre, où toute une salle entend. Dupleix lut une autre lettre.

« Les chanoines de Notre-Dame de Cléry demandent des fonds pour rétablir le tombeau de Louis XI.

— Accordé de grand cœur, dit Si-pierre : on ne peut trop honorer la mémoire des princes pieux.

Le domestique rapporta une autre lettre, en disant : — Pressée.

— C'est de la reine-mère, s'écria Sipierre. Il ôta son chapeau et lut des
yeux; Dupleix et Tripaut saluèrent.

« Monsieur le gouverneur, le roi
ayant formé le projet de se rendre in-
cognito à Orléans, nous vous préve-
nons que nous le suivrons de près. Je
vous défends expressément de faire aucun apprêt pour moi : vous devez ignorer mon arrivée. Sur ce, je prie Dieu,
monsieur le gouverneur, qu'il vous ait
en sa sainte et digne garde.

« CATHERINE. »

— Il suffit, messieurs. Tripaut, allez
de suite faire préparer la maison de
Diane de Poitiers.

Les adjoints sortirent en se deman-

dant quel grand personnage allait arriver. Au même instant parurent Touchet et sa fille, qu'ils saluèrent.

Sipierre, en les voyant, se leva, et
courut au-devant de Marie ; il lui présenta la main pour l'introduire avec
tout le cérémonial accoutumé ; il voulut même déposer un baiser sur celle
de Marie : elle la retira avec un geste
de demi-pruderie.

— Allons, ma fille, lui dit Touchet,
ne refuse pas monsieur le gouverneur :
il te rend le respect qui t'est dû.

Marie laissa sa main à Sipierre, qui
y déposa un baiser respectueux.

— Pardonnez à sa timidité, mon-

sieur le gouverneur : ma fille est si ré-
servée ! elle est aussi belle que sage.

— Ah ! mon père !.... Gouverneur,
savez-vous des nouvelles du roi ?

— Que n'est-il ici pour voir tout l'intérêt que vous prenez à sa santé ! lui
répondit adroitement le diplomate. J'ai
de bonnes nouvelles de sa majesté à vous
donner : le roi se porte bien.

— Le roi arrive ici aujourd'hui.

— Vous le saviez ?

— Nous savons tout ce qui se fait à
la cour ; et Touchet était radieux et
fier.

— Voici ce qu'i lm'écrit : « Ma chère
Marie... »

Touchet fut attendri : — Ma chère Marie ! Excellent roi ! Comme ils s'aiment !

— Mais, mon père...

— Je me tais, ma fille ; je me tais, répondit Touchet, et il garda un silence respectueux.

« Ma chère Marie , je meurs de ton absence, et je vais chercher la vie près de toi.   CHARLES. »

— Cette lettre n'est pas d'un roi, dit Sipierre, mais bien d'un tendre ami.

— Ah ! oui, bien tendre ! Et Touchet prit la lettre en l'embrassant. Laisse-la-moi, ma fille : je veux la joindre aux titres de noblesse que la Pucelle fit accorder à nos ancêtres. Nous allons

donc le revoir, ce digne souverain; il
va encore me combler d'amitiés, me
donner sa main à baiser, son manteau
à porter, son chapeau à tenir... Quelle
gloire! quel honneur! et c'est toi, ma
fille, qui me vaux tout cela! Qui m'aurait dit, lorsque tu étais petite.... Va,
va, mon enfant, tu es la consolation
des vieux jours de ton père.

Et Marie, rêvant sans l'écouter, se
promettait bien de tirer parti de ce
voyage, pour sortir de cette position
douteuse : son père n'en voyait que le
beau côté ; mais elle se rappelait toutes
les humiliations qu'elle avait souffertes,
les dédains des dévotes, les complimens
ironiques des hommes : je veux m'élever, disait-elle, et rabaisser ceux qui
m'outragent.

— Bravo ! dans peu j'appellerai ma fille votre majesté !

Ils allaient sortir : Gyvès entra. Ils ne s'étaient pas vus depuis leur abjuration ; le fils de l'échevin avait eu trop à souffrir alors ; son amour et sa foi avaient reçu le coup le plus terrible pour un huguenot et un amant.

— Ah ! c'est Gyvès, cria Touchet. Bonjour, monsieur le juriste, comment se porte le docteur *in utroque jure*, votre père...?

— Merci, leur répondit sèchement Gyvès... Je viens pour...

— Avec quelle froideur vous accueillez nos amitiés ! lui dit timidement Marie.

— Eh quoi , répliqua Gyvès, vous et votre père, vous avez mêlé vos insultes à celles que le roi lui-même s'est permises contre nous , et vous me demandez les motifs de ma froideur ? Un regard du souverain , et ce que la religion proscrit, ce que l'honneur défend , votre piété , vos sermens, tout fut oublié.

— Non , s'écria Marie avec vivacité et avec embarras , tout ne fut pas oublié. Votre souvenir, votre élévation future allégeaient mes remords. Ecoutez, le chemin de la faveur vous est ouvert, l'époux de l'amie d'un roi peut tout obtenir, vous le savez... Les seigneurs ambitionnent sa main. Eh bien ! je vous offre de tenir toutes mes promesses.

— Vous m'offrez, répondit Gyvès

avec un air de surprise et de dédain qui anéantit Marie.

Mais elle reprit sa fierté.

— Vous avez raison, Marie ne doit pas appartenir au fils d'un échevin.

— Il n'est pas fait pour toi, répliqua Touchet avec dignité.

— Je croyais trouver ici le chancelier de Navarre, dit Gyvès avec indifférence : Ah ! le voici.

Et il courut avec empressement au-devant de lui.

— Il me préfère Aurélie, la fille du chancelier, pensa Marie avec regret, serait-ce pour leur union que ?...

Gyvès introduisit le chancelier Groslot et Aurélie, que son père tenait
par la main.

— Asseyez-vous, mon père; messieurs les échevins sont chez le gouverneur, je vais les prévenir. Et il
sortit.

— Il y a quelques préparatifs à l'hôtel-de-ville : je ne sais quel seigneur
doit s'y rendre, dit le chancelier à sa
fille, sans prendre garde à Marie et à
son père qui l'écoutaient.

— Si c'était le roi lui-même, je serais ravi de le voir.

— S'il vient ici, que Dieu nous
garde.

— Que marmotte donc là ce chef

8

des huguenots, dit Marie, qui déjà
détestait en lui le père de sa rivale.

— Respect à monsieur le chancelier
de la reine de Navarre !

Le chancelier se retourna et vit Touchet qui lui rendait ses hommages.

— Je vous salue, Touchet.

— Il oublie que je suis chevalier,
je crois !

Marie s'avança vers Aurélie, le
chancelier la serra près de lui.

— Il l'éloigne de moi ! quelle inso-
lence ! murmura Marie.

— Eh bien ! nous marions donc notre fille, continua Touchet d'un air familier.

— Oui, monsieur, répondit le chancelier.

— Ces messieurs nous attendent pour la déclaration, dit Gyvès en entrant.

— Allons, ma fille.

Et Groslot prit Aurélie par la main.

— Monsieur le chancelier, dit Touchet en l'arrêtant, recevez mon compliment sur votre choix : je vous croyais pourtant des prétentions plus élevées.

— Monsieur Touchet, répliqua le huguenot, j'aime mieux voir mon Aurélie femme légitime d'un plébéien

8.

que courtisane du plus grand roi de la terre.

Pour sortir ils furent forcés de passer devant Marie et son père. Marie regardait Aurélie avec un dédain affecté.

— Elle n'est pas trop mal , la fiancée.

— De grâce, plus de respect quand la vertu passe devant vous, lui dit Gyvès avec colère.

Marie voulut soutenir son regard ; mais, vaincue par l'ascendant de Gyvès, elle baissa les yeux ; elle les releva lentement, ils avaient disparu.

— Les insolens !... Comment, on ne nous délivrera pas de ces hypocrites ? Quel orgueil, quelle sévérité ! Les ca-

tholiques ont de l'indulgence !... Mon
directeur lui-même ne me condamne
pas : il me donne des conseils, il ne
m'a jamais refusé l'absolution; mais
ces hérétiques!...

— Ils ne méritent que ton mépris,
ma fille.

— Je serai vengée.

— Il faut en charger le roi.

Ils se disposèrent à sortir. Sipierre,
en grand costume, rentra l'air affairé;
quelques échevins le suivaient.

— C'est bon, c'est bon, disait-il
avec humeur à des jeunes gens et à
des femmes qui lui présentaient des
papiers, nous n'avons pas le temps;

quand ces messieurs le pourront, ils vous expédiront. Ces hérétiques ne pensent qu'à se marier, dit-il à Touchet, comme si il n'y en avait pas déjà trop. Où allez-vous ?

— Attendre le roi !

— Passez, je vous prie.

— Je ne souffrirai pas...

Grandes cérémonies. Enfin Sipierre offre la main à Marie, et passe le premier avec elle. Touchet les suivit.

CHAPITRE VI.

———•———

Le Complot.

Un coup d'œil sur la maison de la rue du Tabourg : les domestiques ont un air de fête. Touchet, joyeux, les presse, les active.

— Allons, mettez vite tout en ordre : le roi va venir ici... Marie est-
elle prête?

— Mademoiselle Marie fait une autre toilette, répondit Thibaut avec
humeur.

— Qu'elle se dépêche : il ne faut pas
que le roi attende. Préparez la chambre où sa majesté a déjà passé la nuit ;
n'oubliez rien... Quel honneur ! Marie !
dépêche-toi.

— Me voilà , mon père...

— Voilà une toilette tout à fait ga-
lante. As-tu pris garde aux épingles ,
pour ne pas piquer les doigts de sa majesté... Tu es un peu pâle , tu aurais
dû mettre du rouge.

— A quoi bon ? je rougis quand je veux.

Et Thibaut, dans un coin de la salle, murmurait tout bas :

— Elle devrait rougir une bonne fois. Je ne suis qu'un domestique; mais ce n'est pas moi qui voudrais que ma fille...

— Le roi ! dit Touchet en regardant par la fenêtre.

C'était lui... Touchet se courba presque à terre.

— Sire, je vous présente mes hommages et ma fille...

— Je sais ce que valent l'un et l'autre, dit gracieusement le roi ; je vous attache à ma personné. Vous êtes no-ble ?

— Oui, sire ; depuis la bataille des Harengs, ma famille porte d'azur à deux glaives d'argent en 'sautoir, la pointe en chef, les poignées d'argent avec le titre de chevalier ; mais l'illustration dont je;m'honore le plus date du jour où vous avez daigné distinguer ma fille.

— Et la religion, messire, la religion ?

— Ah ! sire, depuis les bons principes que votre majesté a donnés à ma fille...

— C'est bien ! mais ce n'est tout , il faut être fidèle.

— Ah! sire, tant qu'il plaira à votre
majesté.

Il salua, et sortit respectueusement.
Charles ouvrit ses bras à Marie.

— Pardon, sire, le respect, le sai-
sissement...

— Laisse-là le respect, le cérémonial qui m'obsède... Ma chère Marie,
parlons de notre amour.

Et l'entretien cessa pendant quelque temps.

La première, Marie rompit le silence.

— Notre amour! oh! oui, dites le
nôtre, si vous voulez que je croie au
bonheur!

Et elle souriait... elle répandait des larmes.

— Des larmes! et pourquoi?

— Vous me le demandez? Loin de celui que j'aime, je n'avais d'autre bonheur que de m'occuper de lui. Je le retrouve, c'est pour en être séparée bientôt ; encore s'il m'était permis de le suivre, de le voir... Les cruels, lorsque la triste Marie se demandait si son bien-aimé gardait, au milieu des fêtes, des plaisirs, des affaires, une pensée pour elle... le sarcasme venait briser son cœur.

— Que parles-tu d'outrages, qui pourrait?...

— Tes ennemis et les miens, ceux de notre foi...

— Les huguenots ?

— Eux-mêmes.

— Les infâmes, dit Charles en se levant avec fureur, ils ne respectent rien.

— S'ils n'attaquaient que moi seule; mais toi, mais Dieu lui-même...

— Ma mère les connaît, ils sont incorrigibles.

— Ils bravent ce qu'il y a de plus respectable.

— Ils insultent ma maîtresse !...

— Ils prétendent seuls pratiquer la vraie religion.

— Nous sommes donc des païens ?

— Voilà ce qu'ils répètent sans cesse.

— Il m'en coûte de punir; mais ma mère a raison, ce sont des serpens qu'il faut écraser.

Il se lève, frappe du pied la terre avec violence, et Marie triomphe de sa colère. Après un moment d'agitation et de silence, il saisit la main de Marie qu'il serre affectueusement.

— Je te dois des consolations pour tant de souffrances. Sois dépositaire de mes secrets : je me suis dérobé à la surveillance de la reine : elle s'oppose à notre amour et elle me demande un coup d'état à travers lequel j'entre-vois... du sang... Il y a toujours du sang dans les projets de Catherine! Je

hais les protestans, mais des supplices
me font horreur. Ma mère est une Médicis ; sa volonté est tenace : je crains,
en m'y soumettant, de plonger mon
royaume dans une nouvelle guerre civile. Je voudrais anéantir leur secte,
mais sans commotion dangereuse.

— Consultez le gouverneur, les catholiques, lui conseilla Marie avec
adresse, ils vous diront que leurs
desseins ne sont pas douteux : ils
rongent leur frein, leurs réunions
sont fréquentes... Aujourd'hui même,
pour assister à une cérémonie, le grand
bailli Groslot, prévenu de votre arrivée, évite votre présence : il corres-
pond avec la reine de Navarre.

— Ah ! la reine de Navarre. Et il
sourit.

— Enfin, ils vous menacent tout
bas.

Marie prit un air de gravité diplomatique.

— D'après le traité de paix, les huguenots ne peuvent plus avoir de prêche dans la ville. Le chancelier leur a
prêté son château de l'Ile; c'est aujour-
d'hui, pour eux, une double fête : ils
ont prêche général et une cérémonie
de fiançailles. Allons, en nous dégui-
sant, nous mêler à la foule : vous pour-
rez les observer à votre aise.

A un signe de consentement du roi,
Marie sonna. Touchet et Thibaut ac-
coururent.

— Prévenez Tavannes, lui dit le

roi, qu'il soit prêt dans un instant à m'accompagner à une cérémonie de protestans... De la discrétion.

Touchet resta pétrifié.

— Quoi! sire , vous voulez aller au château de l'Ile. Bah!... Qu'y verrez-vous, des mécréans, des petites filles du peuple , à la vérité, assez jolies; et il souriait avec malice; mais bégueules, encapuchonnées de chaperons et de voiles qui ne les quittent jamais... même dans les rues; de vieux entêtés de ministres qui vocifèrent la paix et l'union...; des..., des...

— Touchet, vous nous accompagnerez ; vous vous déguiserez comme nous.

Touchet voulut répliquer; mais sa

fille lui jeta un regard sévère, il se tut.

— Marie, n'est-ce pas que j'ai besoin d'un peu de repos? dit le roi. Allez vous préparer, vous autres.

Il offre la main à Marie, et entre avec elle dans la chambre voisine.

Thibaut ferma la porte et sortit en grommelant :

— Je ne suis qu'un pauvre homme; mais je ne voudrais pas que ma fille...

CHAPITRE VII.

———

La Journée des Chaperons.

Si nous aimons le roi de France,
nous désirerons veiller à sa sûreté; de-
vançons-le donc dans son expédition
politique, et suivons, au lieu du rendez-

9.

vous Gautier, chargé par le gouver-
nement d'Orléans d'une mission impor-
tante. Asseyons-nous sur ce banc de
pierre, et reconnaissons les lieux. Nous
sommes près la levée de Saint-Jean-le-
Blanc : derrière nous, car nous regar-
dons la ville, s'élève un grand mur
crénélé qui partage l'emplacement en
deux ; au milieu, une porte gothique,
aussi crénélée, à deux battans ; à droite,
la Loire, et derrière elle, Orléans ; sur
la gauche, une forêt. A gauche du mur,
au fond, est l'entrée d'une petite chapelle gothique, distinguée seulement
par sa forme et son clocheton ; du reste,
point de croix. Au-dessus de la porte
de la chapelle est écrit : Ne fais pas à
autrui ce que tu ne voudrais pas qu'on
te fît.

Du côté de la ville arrive Toussaint,
un cahier à la main. La porte du château est ouverte : à différens intervalles
il entre en silence plusieurs groupes
de gens de la ville et de la campagne
en costume de fête, mais très-simple-
ment vêtus.

Toussaint finit sa lecture ; il répète
les dernières phrases de mémoire : « Es-
pérons, mes frères, cet heureux chan-
gement que la réforme a préparé ; soyez
unis, vivez en frères, et comptez sur
les promesses du trône. Il soupire et
interrompt sa lecture. Il est loin de
partager cette espérance.

—Bonjour, mon père, dit le chancelier, qui arrivait avec sa fille. Toussaint lui serra la main.

— Nous venons vous offrir notre bonne volonté, dit Aurélie, vous seconder dans les apprêts de la cérémonie.

—Grâce à vous, nous possédons un temple près de la ville! Puissions-nous le préserver de la corruption!

— Gyvès doit être bientôt ici.

— Il doit apporter l'acte de déclaration; peut-être l'arrivée du roi l'aura retardé.

— Quoi! s'écria Toussaint effrayé, le roi est à Orléans?

— Depuis ce matin, dit Aurélie.

— Seul, j'espère!... Je le crains bien moins que ses conseillers.

— Il est venu seul ; il arrivait inco-
gnito ; mais je suis curieuse, j'ai voulu
le voir.

— On dit que sa physionomie est
heureuse.

— Il est moins bien que monsieur de
Gyvès.

— Sans doute, mademoiselle, répliqua Toussaint en souriant : son caractère est bon ; mais ses courtisans le
gâtent.

— Il a de l'esprit, il fait des vers.

— Futile occupation pour un roi !
dit le chancelier.

— Je lui trouve l'air d'un honnête
homme, et je serais bien surprise que...

—C'est pour mieux tromper. Voyez sa mère.

—Sa mère, oh oui! lorsqu'elle médite une vengeance... Nous lui devons la paix.

—La croyez-vous sincère? La cour a des projets.

—Plutôt mourir que de renoncer à la religion de son père et de son.... Aurélie rougit, puis elle ajouta : Mais il tarde bien. O mon Dieu! peut-être un malheur.... Si la vengeance de.... maintenant que le roi est ici.... mon Dieu! vous n'enlèverez pas à la religion un de ses plus fidèles appuis. Ah! ah!... mon Dieu! je vous remercie....

Elle avait vu Gyvès; il parut accom-

pagné de quelques jeunes gens, qui le
laissèrent pour entrer dans la chapelle.

— Chère Aurélie, pardonnez, mon
père.... pardonnez à mon retard....
Vous étiez inquiète....

— De votre absence, lui dit-on bien
bas : mais il l'entendit.

— A peine ai-je pu obtenir l'expédition de l'acte que voici. Plusieurs de nos
frères ont été durement refusés. Ah!
j'oubliais! on a déposé ce paquet chez
vous, monsieur le chancelier. Il le lui
remit. A peine le chancelier l'eut-il ouvert qu'il frémit; tout à coup il pâlit.
Prêt à s'évanouir, il s'était assis sur un
banc de gazon. Toussaint se rapprocha
de lui. Alors le chancelier lui donna la
lettre; Toussaint la lut, et s'écria avec

effroi : Grand Dieu ! quel affreux message ! Gyvès et Aurélie, qui parlaient
tout bas avec feu, se retournèrent.

— Comme vous êtes pâle , mon
père !...

— La reine de Navarre, lui dit tris-
tement le chancelier, nous invite à
nous tenir sur nos gardes.

— Elle voit la cour de près.

— Puis, sous le même couvert, un
mot, un seul, horrible , de son secré-
taire : elle est morte empoisonnée par
Catherine de Médicis !

— Morte ! s'écria douloureusement
Gyvès.

— Morte ! dit Aurélie.

Et Toussaint, regardant le ciel :

— Que ta volonté soit faite ! tu sou-
mets tes enfans à de cruelles épreuves.
La cloche de la chapelle sonna ; il reprit
son calme. Allons-nous prosterner aux
pieds du Très-haut.

Arriva madame de Coligny.

— Eh bien ! le voilà à Orléans, le
petit drôle ; il s'y passera encore quelque chose. Enfin, cela ne m'empêchera
pas de prier pour lui et sa chienne de
mère ; monsieur de Coligny me le recommande dans toutes ses lettres.

— Venez, ma chère fille, joindre vos
prières aux nôtres.

Madame de Coligny embrassa Au-
rélie. Ils entrèrent dans la chapelle ; ils
avaient à peine fermé la porte, qu'au

fond, du côté opposé, parurent Michot et Gautier suivis de plusieurs hommes; ils avançaient avec précaution.

— C'est ça, disait Gautier, c'est ça, rien de si commode : monsieur le gouverneur! — Va là, dans le bois de l'Ile, auprès du château, emmène de bons lurons. Ayez des haches d'armes sous vos mantes de travail ; qu'on ne vous voie point aller ni arriver. et, pour cela, traversez la Loire au-dessus du château. C'est pour le service de la reine : tu sais comment elle récompense ! Voilà mes instructions; tu les liras là-bas. C'est bien aisé à dire, cousin Michot... mais lire... Si je ne t'avais pas décidé à venir, malgré tes frayeurs et celles de ta femme, qui m'aurait déchiffré son grimoire? Le voilà!

Michot prend le papier, se place un peu à l'écart, met ses lunettes, et commence : Monsieur le roi des arquebusiers!...

— A la bonne heure.... c'est parler, ça.... A tout seigneur, tout honneur.

— Laisse-moi donc aller. On sait bien que tu as abattu l'oiseau cette année ; ça ne prouve pas que tu sois le plus fort à l'arquebuse. Hem ! hem !... Si monsieur de Gyvès avait été à la fête, il n'aurait pas eu besoin de tirer deux coups, lui ! et, comme l'an dernier, le roi qu'on aurait choisi !...

— Ce n'aurait pas été moi, que tu veux dire ? Tu as raison. Mais qu'est-ce que ça fait, un coup, deux coups ? je le suis toujours. D'ailleurs, les Gyvès

ont de la rancune contre moi... tu sais
bien... Quand j'ai fait sauter en bas de
cheval, dans mon pré, ce gueux de
Poltrot.

— Ah! ah! qu'est-ce que tu dis.
J'y étais moi; si je ne m'étais pas caché derrière la haie, quand il a tiré sa
pistole sur M. de Guise, qui t'aurait
dit que c'était lui qui avait fait le
coup?

— C'est bien; c'est bien, tu es bon
pour le conseil, cousin; aussi voilà
pourquoi je t'ai emmené; mais pour de
la résolution, tu n'en as pas plus qu'une
poule.

— Qu'est-ce que tout cela fait à la
lettre du gouverneur?

— Rien du tout... C'est que ces Gyvès et le grand bailli m'en veulent depuis ce temps-là...

— Ah ! oui.

— Et à toi, aussi...

— Tu crois... Est-ce que tu aurais
dit que j'avais vu... Prends garde à me
compromettre... Tu me fourres toujours
dans les entreprises... je ne sais comment... A la fin j'en serai la dupe.

— Un dos de poltron, vois-tu, il
faut que cela serve à quelque chose,
riposta Gautier en riant; puisque tu
n'as ni bras, ni valeur, tu contribues
pour ce que tu as de bon. D'ailleurs tous
les huguenots sont les ennemis de
Guillaume Gautier et de sa famille,
c'est connu ça; aussi, comme je pense

bien qu'il y aura des horions à leur donner, j'en suis pour la reine-mère... La brave femme celle-là, le cœur sur la main, quoi ?...

Michot remettant ses lunettes qu'il avait ôtées pour discuter, l'inerrompit :

— Finissons donc de lire, avec ta reine-mère... Tiens, vois-tu, Gautier, les grands et les princes se servent du pauvre peuple pour exécuter leurs desseins, et puis, quand on en demande la récompense... ni vu, ni connu.... Tu m'entends... La reine-mère en sait quelque chose. .

— Veux-tu bien te taire ? Si on t'entendait. Je ne suis pas politique, moi... J'ai ma réputation à garder... et puis, le roi m'a si bien reçu !....

— Tu as raison; mais méfie-toi ; tu vas toujours à leur service comme la corneille qui...

— Tu ne sais ce que tu dis... parce que... voyons... Quand je me présentai à la reine, d'après l'affaire de Poltrot, tu sais...

— Oui , quand elle passa à Orléans, après la trève...

— Eh bien? qu'est-ce qu'elle fit?...

— Elle fit peur.

— Ce n'est pas ça... Je te demande qu'est-ce qu'elle fit pour moi...

—Ah ! elle te donna cette bourse qui t'a si bien monté ta boutique, que tu fais maintenant monsieur le bourgeois dans notre corporation.

— Tu vois donc bien que les princes ne sont pas ingrats...

— Oui, pour toi ; mais pour moi...

— Cela viendra : le roi m'a promis sa protection (se rengorgeant) pour moi et les miens, tu comprends ?...

Michot, avec empressement.

— Oui, je te suis attaché, lui dit Michot avec empressement ; mais de la prudence. Tien, feus notre grande tante, qui avait vu la cour à Orléans du temps où Diane de Poitiers se cassa la jambe...

— Que diable me chantes-tu ?

— Je te chante qu'elle avait l'air de mener le roi... Oui... ça toujours été comme ça, et ma femme dit que la petite Marie Touchet...

— Encore de la langue!...

— Que la petite Marie veut trancher de la Diane de Poitiers. Ainsi, garde à nous!

— Continue la lettre du gouverneur.

Michot remit ses besicles.

«Monsieur le roi des arquebusiers... hum! hum ... quand vous aurez passé la Loire, vous descendrez le bois de l'Isle jusqu'à la hauteur du château; vous vous tiendrez aux aguets; dès que

vous verrez passer une compagnie de
quatre personnes, vous les suivrez à
quelque distance.»

Il interrompit sa lecture, et prenant
Gautier à l'écart.

Dis donc, c'est du sérieux, écoute...
Il y a au bas : »Cette compagnie, c'est
le roi, un de ses officiers, Marie et son
père. Il ne prendra pas d'escorte...
Vous vous trouverez là comme par
curiosité; vous ne le perdrez pas de
vue; tâchez même qu'il vous permette
de l'accompagner. Vous tiendrez vos
hommes prêts à vous seconder contre
les huguenots, au premier signal, s'il
arrivait quelque tumulte.

— C'est ça, dit Gautier avec joie,
c'est ça... il prit sa masse d'armes, et en

faisant le moulinet : et piff... et paff...
j'entends....

— Tu n'as plus besoin de moi, Gautier, n'est-ce pas ?... voilà la lettre lue,
dit Michot, dont les dents claquaient
de peur.

— Ne voudrais-tu pas t'en aller...
et le secret?

— Je sais ce que c'est qu'un secret d'é-
tat. Que diable, suis-je venu chercher
ici? Je serais si tranquille à mon comptoir... à côté de ma petite femme... Qui
sait si je la reverrai... Ce sera tant pis
pour elle... c'est elle qui m'a dit :
Vas-y... Elle a plus d'ambition que
moi... ça nous perdra comme tant
d'autres.

Gautier, qui était allé parler à ses hommes, revient à Michot et lui frappe sur l'épaule.

— Ah! mon Dieu, je t'ai pris pour un huguenot, dit Michot pâle et tremblant.

— Attention ! je crois que voilà nos gens..

— Cachons-nous ! c'est de ma consigne ce que je sais le mieux.

Ils se cachent de chaque côté : les hommes qui les accompagnent se réfugient derrière les arbres, pour laisser la place à Charles IX, Tavannes, Touchet et Marie. Ils portent de grands manteaux bleus ; Marie est aussi déguisée ; ils sont méconnaissables.

— Nous voici donc près de ce redou-
table château, dit le Roi à Touchet:
c'est une vraie reconnaissance de place
forte. Chevalier, à quoi bon tous
ces détours?

— Votre majesté ne voulant pas être
connue ni accompagnée, il faut prendre des précautions; car ces réformés
sont là-dedans, peut être.... trois mille... qui sait ?

— Allons, vous exagérez; d'ailleurs,
pourquoi nous attaqueraient-ils?

— J'ai regret de vous avoir engagé
dans cette démarche... S'il y avait
du danger! dit Marie au Roi, en s'appuyant sur son bras.

— S'il y en avait, j'ai là mon épée !

et Charles mit la main sur son épée
cachée sous son manteau qu'il entr'ou-
vrait.

—Vaincre devant vous, continua-t-il,
serait pour moi le prix du courage.

Il écouta un moment.

— Quel silence !

Touchet était allé se mettre aux
aguets près de la porte du château. Il
revint.

— Est-il prudent, dit-il au roi,
de pénétrer dans le château ? Si nous
attendions à l'écart ?

— Je ne veux pas pénétrer sans

avertir, répondit sa majesté ; il n'y a
que des valets qui entrent sans se faire
annoncer.

— Pendant qu'il cherchait un domestique, Gautier et Michot s'avancèrent.
Michot se tenait derrière Gautier.

— C'est la compagnie aux manteaux
bleus, vois-tu, Michot ? dit Gautier.

— Ne bougeons pas : on ne t'a pas
dit de les troubler.

— Non : mais M. le gouverneur dit
que je me fasse connaître adroitement;
tu vas voir : Moi... je n'ai pas peur d'un
roi, je vais lui parler.

— On cause près de nous, sire, murmura Touchet aux oreilles du roi,

avez-vous entendu? C'est peut-être quelque conspirateur.

Il se retourne, voit la mine de Gautier qui l'effraie d'abord; mais il le reconnaît et se rassure.

— Sire, dit Gautier en s'approchant.

— Qui vous a dit, mon ami?...

— Votre Majesté est ici secrètement pour tout le monde, excepté pour moi et mon cousin... Avance donc, imbécile.

Il prend Michot par le bras, et le fait avancer devant le roi.

— Que je vous présente... Salue donc!

Michot fait de grandes salutations.

— M. le gouverneur ma chargé. Au surplus, voici son écrit: donne donc, Michot!

Michot le tire de sa poche; mais, s'obstinant à le présenter lui - même, il l'offrit au roi en posant un genou en terre.

— Sypierre a mis votre zèle à l'épreuve, dit le roi avec un léger dépit; je crois que c'est une précaution inutile.

— Pas tant que vous croyez, peut-être: car ces chiens qui sont là dedans sont hargneux, sauf votre respect. Va, Michot, et attention au commandement!

Michot rejoignit ses compagnons avec des airs d'importance.

— Où va votre cousin ?

— S'assurer où en est cette cérémonie de parpayots.

Michot, après avoir examiné ses hommes, se rapprocha de Gautier.

— C'est fait ; je ne te quitte pas.

— C'est bon, attention !

— J'aurais désiré voir leur temple, ce qu'ils y pratiquent.

— Ce qu'ils font ? dit Marie, ils psalmodient en français, ils écoutent les ministres : ils se lient par d'affreux sermens.

— Avec votre permission, mademoiselle Marie, ce n'est pas tout, dit Michot en prenant un air capable : Si sa majesté voulait permettre...

— Eh bien, parle ! que sais-tu ?

— D'abord, voyez-vous, j'en ai vu une partie par une lucarne du temple des quatre coins : ma femme a su le reste d'une marchande de poisson qu'elle a convertie : Oui, convertie ; car ma femme est aussi bonne catholique que le grand bailly est hugue....

— Dis-nous ce qu'ils pratiquent.

— Dans leurs églises, il n'y a que
les murs tout blancs, une chaire à
prêcher et un orgue. Pas le plus petit
tableau; pas de ces images de saints
qui sont si amusans, quand ils se bat-
tent avec le diable! Pas de dorures!
c'est pauvre, quoi! comme des gens
de rien. Pas de ces beaux ornemens
avec une couleur nouvelle à chaque
fête, pour que ça ne soit pas si unifor-
me. Enfin, ils chantent avec l'orgue,
qui va toujours sur le même ton, sans
goût, sans tous ces enjolivemens qui
produisent tant d'effet dans l'église....
et en français: c'est là le pis; parce que
quand on sait ce qu'on chante, adieu
la religion! Ça se comprend; il n'y a
plus d'harmonie! pas moyen de jouer
sur l'orgue ces beaux motets ou ces
airs qu'on chante à la veillée de Noël.

— Est-ce tout ce que tu sais?

— Ah! que non... Ils se tiennent droit comme des guisarmes: et puis, paf, voilà qu'ils se mettent à genoux tout d'un temps, comme nos gardes de ville, à la petite guerre, et puis...

— Mais nous savons tout cela.

— Et puis, dame, faut-il le dire devant votre majesté?

— Dis tout, je te l'ordonne.

— Je n'ose pas.

— Je vas le dire, moi, interrompit Gautier. Oui, sire, il faut que vous sachiez tout ce qui se pratique d'infâme dans leur cabine. Ils vous ont un homme de cire, qu'ils nomment un patient:... ils en ont qui ressemblent à ceux qu'ils veulent voir périr. Y en a un pour la reine, y en a un pour M. de Guise, y en a un pour....vous, sire.

— Eh bien ? s'écria vivement le roi.

— Eh bien? ils les pendent par la tête: ils les mettent en travers, puis ils les frappent de coups de poignard, de couteau. Ils croient que chaque coup blesse leur ennemi à la même place que la figure de cire...Alors...

Pendant cette explication, le roi s'anime peu à peu; il a peine à contenir une colère concentrée. Tout à coup elle fait explosion à la fin du récit. Il se précipite par la porte du

château avec indignation en s'écriant:
les infâmes, ils périront!

Aussitôt Gautier fait un signe en
courant sur les pas du roi. Huit ou dix
hommes, armés de hâches, les suivent
avec fureur. Gautier et ses hommes
forcent la porte de la chapelle, qui se
trouve brisée et ouverte au moment où
le roi arrive. Tous les protestans sont
à genoux; Toussaint, dans le fond de la
chapelle, paraît présider à leur prière.
Le roi est resté un moment atterré de
ce tableau si différent de celui qu'il
attendait. Quelques hommes étant d'a-
bord entrés dans la chapelle, les protestans, effrayés, se lèvent, et se précipitent
en désordre vers la porte. Le roi et
Gautier sont à chaque côté, de sorte
que les protestans, qui s'enfuient, pas-

sent entre eux. Une des premières jeunes femmes qui sort est Aurélie, l'une des fiancées ; elle porte un voile et un bouquet blanc au côté. Au moment où le roi s'avance pour la regarder, pendant qu'elle passe devant lui, elle baisse son chaperon ; le roi le relève violemment : se trouvant décoiffée, elle se sauve vers le château, poursuivie par le roi, qui disparaît avec elle en lui prenant la main. Gautier, qui, de son côté, a aussi voulu lever quelques voiles, va tomber, culbuté par Gyvès, qui, l'épée à la main, court sur les traces du roi et d'Aurélie. Charles était déjà près d'elle : sa main touchait sa taille, et son haleine brûlante effleurait ses cheveux flottans, quand ces mots : le lâche ! une femme !... frappèrent ses oreilles. Il se retourna et vit Gyvès, l'œil ardent, le front irrité et mettant l'épée à la main.

L'occasion était trop belle pour qu'un roi de France la laissât échapper. Il tira son épée, et reçut avec sang froid le choc de son adversaire.

Un combat terrible s'engagea auprès d'Aurélie, qui, pâle de frayeur et de fatigue, s'était évanoui sur le bord de la levée.

CHAPITRE VIII.

———

Préludes du 24 août.

SIPIERRE faisait préparer pour le séjour de Catherine la maison de Diane de Poitiers, rue Neuve, près l'Hôtel-de-Ville. Il inspectait les ouvriers qui met-

taient en ordre l'intérieur d'une chambre boisée, revêtue de chiffres royaux,
et déployant un grand luxe d'ornemens déjà passés de mode. Il reçut un
message de Touchet. Ce courrier secret
vint lui annoncer que sa majesté se dis-
posait à aller rendre visite au château
de l'Isle. En bon administrateur, Sipierre commença d'abord par donner
les ordres ci-dessus mentionnés au brave
royaliste Gautier, et quand il fut bien
tranquille, il essaya de réfléchir à cette
résolution étrange du roi.

Par la mort-Dieu, se disait-il en
arpentant de long en large la chambre
où Diane avait si souvent reçu avec
joie son royal amant, que veut dire
cette excursion?... Comment? il part

sans en prévenir personne? il se rend
au château de l'Isle? Groslot aurait-il
encore du crédit à la cour? J'ai bien
fait de ne le point heurter. M. le gouverneur, vous êtes un sot, si vous ne
démêlez pas les fils de cette intrigue,
et si vous n'obtenez rien du roi, de la
reine, ou du chancelier... Voilà un
bruit de voitures et de chevaux.....
C'est, sans doute, Catherine...

Il regarda par la croisée.

— Sans suite ! c'est étrange ! et je ne
suis pas là pour la recevoir... ah !... je
dois ignorer... Allons à sa rencontre.

Il courut ; mais au moment où il allait franchir la porte, il recula en sa-
luant, pour livrer passage à Catherine
de Médicis, au père Bourgoing et à
une femme qui accompagnait la reine.

— Bonjour, monsieur le gouverneur, dit brusquement Catherine.

— Votre majesté...

— Le roi est-il arrivé?...

— J'ai l'honneur de dire à votre majesté;

Et Sipierre se prosternait jusqu'à terre.

— Point de complimens, le temps presse ! mon fils est-il venu?

— Oui, votre maj.....

— A-t-il vu Marie?...

— Marie?

— La fille du lieutenant Touchet?

— Ah!... dit Sipierre, et sa figure exprimait sa surprise que la reine fut instruite de ces petits détails, elle attendait son arrivée.

— J'en étais sûre... Laissez-nous.

— Je vais prévenir le roi de l'arrivée de...

Il eût été fort embarrassé si Catherine eût consenti.

— Je le verrai moi-même.

Sipierre allait sortir, elle le rappela.

— Ah!... que font les huguenots?

— Ils enseignent publiquement; ils ont des lieux d'assemblée, un prêche hors la ville : ils ont même naguère

enterré l'un des leurs dans un cimetière catholique.

—Quelle profanation, murmura avec
piété le père Bourgoing qui, jusque-là,
avait paru s'occuper davantage de son
chapelet que de la politique.

—De quel œil la masse des habitans
les voit-elle? demanda la reine.

— Ils ont peu de partisans : ils sont
en butte à des rixes fréquentes.

—Bien! s'écria Catherine.

Et à chaque disposition hostile du
peuple contre les protestans, le père
Bourgoing levait les yeux au ciel et le
remerciait.

—On les honnit.

—Bon !

— On les frappe même.

— A la bonne heure.

— On enfonce les maisons où l'on croit qu'ils se réunissent.

— Cela marche.

— On leur a brûlé des magasins, pillé des boutiques, et, sans l'édit....

— Eh bien?

— Je crois qu'aucun d'eux n'oserait paraître à la ville.

— Cela sufit... Laissez-nous, je vous appellerai. Jusque-là...

Elle lui demanda le silence.

— Quand votre majesté voudra...

Il salua respectueusement, et sortit

sur un signe de Catherine. Sa nourrice
la laissa seule avec le père Bourgoing.

— Je vous ai arraché à votre couvent, mon père, il le fallait : en politique, le temps perdu ne se retrouve
jamais.

— Aussi, ma fille, n'en perdons-nous
point.

— Je vous ai amené pour prendre
vos avis sur des dangers que je pré-
vois.

— Ce que vous accordez aux hérétiques met l'état dans une anxiété que
les catholiques déplorent. Dernière-
ment encore, ce traité de paix où vous
avez consenti...

— Quel triomphe! j'ai réussi à vous.

tromper vous-même, lui dit avec joie
et bonheur sa royale pénitente. Je suis
comme le fauconnier qui veille ses
oiseaux ; laissez-moi faire : vous verrez
que je les mettrai tous au filet d'un seul
coup.

—Dieu vous seconde! qu'il bénisse
vos efforts !

— Ai-je jamais eu d'autre pensée?
C'est pour cela que j'ai voulu voir cette
Marie Touchet dont mon fils parle
sans cesse : je voudrais qu'elle pût jouer
un rôle dans les événemens que ma
politique prépare. Le départ précipité
de Charles, au moment où je le pres-
sais de signer l'ordre que vous connais-
sez, m'a prouvé son amour pour Marie et sa répugnance à mes volontés.

Il faut triompher de l'une et me servir de l'autre : son brusque voyage a déterminé le mien.

— Votre majesté sait tirer parti de tout, même des obstacles qu'on lui oppose.

— Vous avez reçu des nouvelles de Rome, quelles sont-elles ?

— Très-favorables : le saint-père donne son adhésion au projet de se défaire de l'amiral de Coligny et des autres chefs protestans. Ce plan, soumis au concile de Trente par le cardinal de Lorraine, lui a paru concilier les intérêts du ciel et ceux de la terre. Pour mieux vous prouver l'assentiment des confidens du sacré collége, voici ce qu'ils m'ont adressé :

Il développa un parchemin.

— C'est un projet d'association catholique pour courir sus aux réformés,
et maintenir les peuples dans la foi et
l'obéissance absolue par tous les moyens
possibles. Son exécution et sa propa-
gande seront confiées à une société
déjà célèbre, sous la protection immé-
diate du ciel et l'invocation du nom
de Jésus-Christ.

— Que ne puis-je voir d'aussi géné-
reux desseins exécutés aussi prompte-
ment que ma pensée !

— Vous pouvez prendre l'initiative.

— J'y suis disposée de cœur ; mais
des craintes... Le roi... Il faudrait son
aveu.

— Cette œuvre sainte doit avoir lieu dimanche, 24 août, fête de saint Barthélemy.

— Et nous en sommes si près !

— Le duc de Guise est prévenu ?

— Il doit armer ses domestiques et se mettre à leur tête avec Besme, Allemand qui nous est dévoué.

— Les moines des couvens de Paris ont le mot d'ordre ?

— Ils sont armés.

— Qui vous retient ? La réussite dépend de votre fermeté.

— Mais la signature du roi.

— Ne peut-on s'en passer ?

— Impossible, on n'agirait pas : l'ordre du roi seul peut rendre l'exécution générale.

— Il faut donc l'obtenir de gré ou de force... Il ne vous attend pas si près de lui : venez avec moi le guetter à la sortie de son appartement. Tremblant, craintif, votre colère est ce qu'il redoute le plus au monde : il fera tout pour l'apaiser.

— Voyons !... quelqu'un !

Sipierre rentra.

— Mon fils ! dit Catherine.

— Votre majesté ?...

— Parlez, où est mon fils ? dit-elle avec une vivacité qui fit trembler Sipierre.

— Le roi vient de partir pour voir la fête des chaperons.

— Qu'est-ce que cette fête?

— C'est une cérémonie que les protestans...

— Les protestans! s'écria Catherine, avec une explosion terrible... quelle imprudence!... quelle imprudence!... Que va-t-il chercher au milieu d'eux? Que va-t-il leur dire? Il va leur ravir leur sécurité! Il va leur donner l'éveil! Ah! monsieur le gouverneur, le trône et la France sont en danger!

— Et l'église, et ses ministres? lui dit avec aigreur Bourgoing, choqué de cette indifférence, les oubliez-vous?

— Non, non, le trône et l'autel sont inséparables; mais je suis troublée, inquiète. Où est cette fête? Partons, messieurs, partons... Dieu sauve le roi !

— Dieu sauve l'église !

CHAPITRE IX.

⸺

Marie est exilée.

MARIE voulait suivre le roi; mais son père l'a retenue; il a même cherché à contenir Tavannes, qui l'a repoussé pour se mettre à la recherche de son maître.

Michot, d'abord entraîné dans la foule, est venu s'attacher au père Touchet qu'il ne quitte point : il parvient à ébranler le père et la fille. Pâles de frayeur, ils sont sur le point de disparaître, lorsqu'ils sont arrêtés dans leur fuite par Catherine, sa suite, et Sipierre qui l'accompagne. Michot alors les quitte, court se cacher et reste à l'écart.

— Où est mon fils ? cria Catherine à Touchet.

Touchet, anéanti, put à peine bégayer ces syllabes :

— Il est entré au châ... â... teau... de...

— Courons sur ses pas.

— Il vaut mieux attendre, dit Bourgoing, ce que Dieu ordonnera.

Catherine fait un pas en avant pour
entrer au château ; mais personne des
assistans ne se dispose à la suivre.

— Personne ne vient ; je vais partir
seule.

— Si ce tu... u... multe était un
piége...

— Nous n'avons rencontré que des
fuyards. Aucun n'a pu nous rendre
compte de l'événement... Je ne vois
pas Gautier, dit Sipierre à Marie , mademoiselle , expliquez-nous...

— Oui, parlez , mademoiselle.

— Pa... a.. arle, ma fille...

Marie était troublée; elle cherche à reprendre ses sens; et regardant Catherine d'un air respectueux, elle observe sa physionomie pendant qu'elle lui parle.

— Le roi, justement irrité des pratiques horribles que les huguenots exercent, dit-on, sur son image, s'est précipité dans le château (Catherine fit un mouvement de colère) où Gautier et les siens l'ont suivi... J'ai voulu voler sur ses pas; mais on m'a retenue. Je n'ai plus entendu que le tumulte.

— C'est vous, dit Catherine, en s'avançant avec colère contre Marie, c'est vous qui en êtes cause : vous me répondez sur votre tête des jours du roi!

Gouverneur, faites conduire cette femme et son père à son château du Hallier ; qu'ils ne paraissent point à Orléans pendant notre séjour.

Michot, de sa cachette, prêtait l'oreille à tout ce débat, et son ambition, qui se réveillait malgré lui, se disait à elle-même :

— Bien ! voilà qui pourra devenir un secret d'état.

Sipierre regarda Touchet, qui le suivit en tenant sa fille par la main.

— Venez, mademoiselle, j'aurai l'honneur...

— Quelle sotte idée tu as eue là, Marie ! Je savais bien quelles suites...

Marie, avant de s'éloigner, se tourna plusieurs fois vers Catherine avec tristesse. Bourgoing, calme au milieu du bruit, disait son chapelet. Catherine, inquiète, allait, revenait du côté de la Loire, et prêtait l'oreille.

— Que résoudre, mon père ?... Je veux... Quel est ce tumulte ? Des armes, des épées qui se croisent !

— Ce sont des hérétiques que l'on frappe : ne vous dérangez pas... Dieu pourra...

— Dieu ! Dieu !... sauvera-t-il mon fils ?

— Vous blasphêmez, je crois ! Heureusement que nous sommes seuls ; je ne suis pas forcé de m'en indigner...

Oui, Dieu sauvera votre fils..., s'il le
croit utile au bien de l'église.

Le cliquetis des épées a redoublé :
Catherine, qui écoutait avec impatience
le sermon du père Bourgoing, s'élance
au moment où le roi, vivement pressé
par Gyvès, perd du terrain et recule
devant lui. Tavannes, de son côté, se
bat avec le chancelier, qui déploie un
courage au-dessus de son âge. Catherine se précipite entre les épées de Gyvès et du roi. L'étonnement des com-
battans fut extrême.

— Malheureux! dit Catherine, voulez-vous immoler votre roi?

— Le roi! dit Gyvès en reculant
avec surprise et effroi, grands Dieux!
qui l'aurait cru?

Charles, que la présence de la reine avait anéanti , laisse tomber son épée : il se remet cependant de sa frayeur, et faisant succéder la colère à l'embarras :

— Ma mère, vous ici! s'écria-t-il avec fureur; dans quel moment ?... Mais me tromperais-je ? où suis-je ?

Il se retourna, et vit Bourgoing qui disait son chapelet,

— Vous aussi, mon père ?

Pendant cette scène, où chaque personnage se livre à des sentimens divers, Michot est sorti de sa cachette , a traversé la place, et est venu se mettre près du groupe : des protestans qui poursuivaient Gautier et quelques-uns

de ses hommes, s'arrêtent, stupéfaits;
le nom de la reine et du roi circulent dans leurs rangs. Le plus grand
silence règne dans l'assemblée, qui attend avec anxiété le dénouement.

Catherine, après avoir examiné le roi
et s'être assurée qu'il n'a pas été blessé,
reprit son calme, et, s'adressant au
chancelier avec une tranquillité feinte :

— Approchez, chancelier.

Le chancelier et Gyvès s'approchèrent, le chancelier avec dignité, Gyvès avec plus de respect, mais non
moins d'assurance.

— Je vous pardonne cette méprise.

Ce mot de pardon fit tressaillir
Gyvès.

— Mon fils n'en conservera non plus
que moi aucun ressentiment. Je sais
ce qui s'est passé : on ne peut blâmer
personne, chacun a fait son devoir.;
mais le tumulte qui peut en résulter
dans la ville y rend ma présence plus
nécessaire que celle du roi. Je le laisse
ici sous votre protection , chancelier ;
il trouvera l'hospitalité dans votre château : vous et les vôtres , veillerez sur
ses jours.

Charles est atterré : il n'ose répondre
à sa mère ; il précède de quelques pas
le chancelier, qui lui indique la porte
du château , et se dispose seul à lui en
faire les honneurs. Gyvès s'approche
de Charles, et lui dit tout bas avec colère :

— Sans adieu, sire; j'espère que nous nous retrouverons.

Gautier, de la place où il était resté en stupéfaction avec ses hommes, s'avance près de la reine sur un signe qu'elle lui fait.

— Quoi! votre majesté près de nous... La reine m'a reconnu.

Il recommande, par un signe, à Michot de se taire et de rester. La reine sort accompagnée de Gyvès, de Gautier, qui lui fait cortége avec ses hommes portant la hache d'armes sur l'épaule, et de Bourgoing sur les bras duquel elle s'appuie. Charles, Tavannes et le chancelier restent un moment en silence. Au fond, quelques personnes du château entrent et sortent par curio-

sité ; le roi est assis, la main au front ,
silencieux, sur un banc où il s'est jeté
pour respirer de son émotion. Le chancelier l'invite plusieurs fois du geste à
entrer dans le château ; le roi est trop
absorbé dans ses pensées pour le voir
ou lui répondre. Tavannes est debout
auprès du prince.

— Permettez-moi, sire, lui dit le
chancelier , de vous faire les honneurs
de ma maison.

Il entra dans son château. Charles,
n'avait fait aucune attention à l'invi-
tation du chancelier.

— Fatal emportement ! je ne pourrai
donc jamais dompter ma colère ! O ma
mère ! quelle éducation vous m'avez
donnée ! J'expose mes jours , ceux de
Marie...

A ce mot, il se lève soudain et s'a-
dressant à Tavannes :

— Où est Marie? Qu'est-elle deve-
nue ?

— Ayant couru à votre défense, je
l'ignore.

Charles est profondément affligé;
Michot, qui avait franchi le seuil de la
porte du château en se glissant avec
précaution, s'approche de Tavannes,
et, après avoir regardé autour de soi, il
lui dit :

— Elle est en sûreté.

Charles, qui l'a entendu, se retourne.

— Que dites-vous?... Tu saurais....
N'es-tu pas le cousin de Gautier?

13

— Oui, sire, pour vous servir, vous
et mademoiselle Marie.

— Où est-elle? dit le roi avec impatience.

—Elle est en sûreté, à son château
du Hallier, où la reine l'a fait conduire
avec son père, par le gouverneur. Je
l'ai suivie au bout du chemin : mademoiselle Marie m'a chargé de vous
dire qu'elle espérait que vous iriez l'y
retrouver.

— Oui, j'irai ; tu sais où est ce
château? Tu nous y conduiras... Ne
t'éloigne pas.

Le chancelier revint avec des domestiques en livrée. Le roi adressa à
Michot un signe expressif de garder le
silence.

— Sire, dit le chancelier au roi en lui montrant le château.

— Je vous suis.

Le roi et Tavannes suivent le chancelier ; Michot est allé se mêler aux personnes qui étaient au fond. La porte du château se ferme, le groupe des témoins se disperse, excepté Michot qui passe derrière le château en disant :

— Monsieur de Tavannes me verra ; je vais attendre les ordres du roi.

Le père Levé, qui se rendait à sa maison de campagne de la Haute-Épine, fut témoin de tout ce tumulte. Il reconnut là l'esprit de désordre des protestans, et se retira la douleur

13.

dans l'âme, en priant Dieu avec ferveur de détruire, d'une façon ou d'autre, une secte aussi dangereuse, aussi
turbulente.

CHAPITRE X.

Préludes du 24 août.

Assez sur les heureux et les rois ! nous avons accordé assez d'attention aux amours et aux plaisirs scandaleux de notre jeune monarque : revenons à des intérêts plus tristes et à des malheurs qui, en frappant des têtes moins éle-

vées, sont plus dignes peut-être de la
sympathie des faibles comme nous.

Si la nuit n'était pas si sombre, je
voudrais bien demander à mon lecteur où nous nous trouvons. Je ne
sais si je me trompe, mais, au bruit du
vent qui murmure en s'indignant contre un obstacle, au froissement des
branches qui s'entre-choquent, se bri-
sent et tombent à mes pieds, au frémissement des feuilles, j'ai cru reconnaître une forêt..., non pas une de ces
forêts bien alignées, avec des allées
percées dans l'épaisseur des futaies et
des repos pour le voyageur fatigué;
mais une véritable forêt druidique,
comme il y en avait encore dans ce
temps de troubles et de malheurs,
comme si le ciel avait voulu assurer

une retraite aux proscrits, un asile
aux vaincus et une forteresse invinci-
ble à ceux qui aimaient mieux avoir
tout à souffrir de Dieu que des hommes. Puisque, selon toute apparence,
nous nous sommes égarés, prêtons donc
l'oreille : car j'ai cru entendre comme
un son de voix humaines, et peut-être
leurs discours nous aideront à sortir du
labyrinthe où nous sommes entrés. Il
me semble que les acteurs qui sont en
scène se promènent de long en large,
comme des soldats en faction.

— Sais-tu bien que voilà un rude
métier? dit l'un de nos interlocuteurs,
toujours sous les armes! errans dans
les forêts! nourris par la grâce de Dieu!
mais comment faire? Aller à la ville?
condamnés par contumace, il faudrait

se rendre à discrétion aux catholiques :
et notre vie... j'aime mieux la défendre chèrement et mourir en vrai chrétien réformé.

— Nos chefs sont aussi malheureux
que nous, répond l'autre qui semble
plus jeune. Depuis quelques jours nous
nous sommes rapprochés d'Orléans ;
mais en sommes-nous mieux? Sans ce
brave Michel, qui se ruine pour nous ,
il faudrait devenir voleur... pour manger... Il est vrai que les catholiques ne
viennent pas nous relancer dans cette
forêt; il n'y a guère que la faim qui
nous tourmente... Les factions sont à
peu près inutiles ; mais quelle différence avec le temps où...

— Oui, le temps où, tranquilles chez

nos parens, nous faisions un cours à
l'université. Quelle réunion de braves
amis!... Eh bien ! c'est pourtant de là
qu'est parti le coup... C'est et ce sera
toujours comme cela : toujours l'éner-
gie franche et sans art de la jeunesse
rendra la liberté aux peuples; il ne faut
pas désespérer tant qu'il y aura des
jeunes gens.

— Te rapelles-tu lorsque, Calvin à
notre tête, nous fûmes à Beaugency ré-
clamer le paiement de la maille d'or
que les bourgeois refusaient d'acquit-
ter ?

— C'est Calvin qui, dans le proverbe
de la Passion, obtint sans violence ce
qu'on refusait si obstinément : qui l'aurait dit alors, que le chef de la bande

joyeuse deviendrait le réformateur de
la religion ?

—Et Théodore de Bèze?

— Ah ! lui , il a toujours été un peu
libertin; mais de l'esprit, de la science :
c'est, dans la réforme, un véritable
abbé de cour.

— Ne nous attristons pas : le bon
temps reviendra.

— Mais reviendra-t-il pour nous?
Je ne l'espère guères.

— Que veux-tu ! Pour moi, je mour-
rais content si j'étais sûr que la
France finira par être heureuse.

— Je ne serais pas fâché de jouir un
peu de ce bonheur là... de mon vivant:
par exemple, je donnerais tout pour

être de retour chez mon pauvre père...
l'embrasser... et... quand même il
faudrait recommencer à se battre après.

— J'entends, les soirées du quartier et la petite de la rue Sainte-Catherine.

— Chut !... Après tout, c'est plus
agréable que d'être ici à contempler
le ciel et la terre, toujours...

— A propos, sais-tu le motif des
doubles vedettes de ce soir?

— Nos chefs ont une conférence qui
a pour but de demander une amnistie
générale.

— L'obtiendrons-nous?

— Pourquoi pas? cela ne coûte

rien à promettre : on amnistie tout le
monde et on ne fait grâce à personne.
Tiens, vois-tu, les rois ne pardonnent
jamais que lorsqu'ils ne peuvent pas se
venger.

— A propos , on a célébré au château du chancelier une cérémonie de
fiançailles : il y a eu beaucoup de tumulte ; le roi et sa mère sont venus à
Orléans pour l'exciter. C'est un signal ;
les persécutions vont recommencer de
plus belle.

— Est-il possible ?

— Gyvès nous a fait prévenir d'être
sur nos gardes.

— Encore se battre contre des Français! et toujours par la faute des rois
de France !

— Que veux-tu? aujourd'hui ils nous mettent hors la loi : leur tour viendra peut-être.

— Le ciel sera juste.

— On a dépêché un de nous pour engager Gyvès à venir au camp cette nuit.

— Tu appelles cela un camp, toi? Quelques tentes, des huttes...

— C'est un camp pour la discipline.

— Oui : des retranchemens, un mot d'ordre, des sentinelles.

— Et la consigne d'arrêter tout ce qui passera dans cet endroit.

— Notre tâche à nous deux ne sera pas difficile. Ces chemins ne sont guère

connus : quant à ceux qui les fré-
quentent...

On entend du bruit et plusieurs pas
assez pesans.

— Attention !

— Alte là ! cria Jacquin.

C'est l'un des deux interlocuteurs
que nous avons sans doute reconnus
pour être des protestans, que la viola-
tion ou l'application injuste du traité
de paix avait exilés dans les bois.

— Allons ! allons ! dit une grosse
voix.

Allons ! allons !...... Et soudain
entra une espèce de Sancho, qui con-
duisait par la bride un squelette de
mulet chargé de pain et de provisions;

lui-même portait sous le bras je ne sais quoi de précieux et de parfumé dont l'odeur se répandait assez loin.

— Vous ne me reconnaissez donc pas?

— Parbleu, si... maintenant, je te remets... notre pourvoyeur !

— Et mon mulet qui veut toujours aller... Oh! oh!... le voilà en bonne main... au quartier-général... c'est cela... Que faites-vous donc ici, vous autres? Pourquoi avez-vous changé de quartier... dans la forêt?

— Par prudence.

— C'est juste.

— As-tu des vivres ?

— Ça se demande-t-il à un bou-
langer - pâtissier - traiteur? Oui, j'en
ai, des vivres : grâce à M. le chancelier et à M. de Gyvès, qui m'ont
envoyé des soleils d'or. Vous pour-
rez vous ressentir aussi du mariage
de sa fille qui se célèbre aujour-
d'hui, à son château de l'Isle : c'est notre digne ministre Toussaint qui les
marie : je vous apporte sur mon mulet de bon pain, de bon ragoût et
des pâtés de mauviettes de ma façon.

Et il se baisait le bout des doigts.

— Vous m'en direz des nouvelles :
au revoir.

—Dis donc, Michel, qu'as-tu sous le bras?

— C'est un de ces dignes pâtés avec qui j'ai fait connaissance en route, pour voir si j'avais eu encore cette fois la main bonne, et puis une fameuse bouteille de vin vieux de Rebrechien : vous savez bien, de celui-là que buvaient nos rois, quand ils étaient moins délicats et peut-être meilleurs.

— Si nous en tâtions, nous, qui sommes là en vedette?

— Vous avez raison, mes enfans... ça vous donnera des forces : je vous abandonne tout.

Il tire de dessous sa blouse un pâté entamé et une bouteille de vin qu'il met sur un banc.

— Au revoir les amis. Hoé ! oh !

14

On entendit dans le lointain sa voix s'éteindre avec le bruit du grelot de son mulet. Jacquin et Rousselet virent le pâté et la bouteille avec plaisir.

— Regrettes-tu encore de n'avoir pas été du détachement qui a accompagné nos envoyés à Orléans jusqu'à la lisière des bois ? dit ce dernier à son compagnon.

— Ma foi, non... A propos, ils doivent être revenus...

— Ils avaient du pays à parcourir pour éviter le grand chemin des Arches.

— Oui, oui.

Il pose son mousquet et casse une

croûte de pâté qu'il mange avec appé-
tit.

— Si tu vas de ce train-là, lui dit
assez vivement Jacquin , qu'est-ce qui
me restera donc? Et la faction?.. A ton
poste...

—J'y suis... Arrangeons-nous... chacun son tour... c'est moi qui commence.

— C'est cela , et s'il y a quelque
alerte, je m'en passerai : dépêche-toi...
Au moins de la conscience...

On entend un son de trompe dans le
lointain.

— Ah ! ah! entends-tu Rousselet?

— Qu'est-ce que c'est que ça ?

Il quitte le pâté et court à son mous-
buet, qu'il met au port d'armes.

— C'est drôle ! personne ne chasse
pourtant à cette heure.

Le son de trompe se fait encore entendre, mais plus près.

— On vient de ce côté.

—Tant mieux ! nous verrons le chas-
seur.

Nouveau son de trompe , mais tout
proche.

— Moi ici... toi là...

Tous deux se tiennent à l'écart, à
demi-cachés; la nuit est déjà profonde.
Un nouvel acteur vient garnir la scène;
il nous semble bien connaître ses

traits; mais comment s'imaginer qu'à
cette heure...? Cependant c'est lui ; il
tient à la main une trompe de chasse.
Il a son épée au côté : il porte un
manteau bleu ; il entre en tâtonnant.

— Peste soit du poltron ! coquin de
Michot, si je te tenais... ! J'ai beau sonner, personne n'entend dans cette forêt : elle est belle cependant... Je veux
y venir avec mes équipages.... Quel
plaisir que celui de la chasse !.... c'est
vraiment la plus noble occupation d'un
roi. Aussi bien, j'en écris un traité
pour l'instruction de mes successeurs.
On blâme cet exercice... Mais qui peut
s'en plaindre ?... personne.... Après
tout, les ministres n'en sont pas fâchés;
pendant ce temps-là... (Il rit, et re-
venant à sa situation). Pas un bûche-

ron pour m'indiquer le chemin de ce château du Hallier; une heure, une heure et demie de chemin de la ville, disait Michot, et en voilà deux que je marche... sans guide... Comment aussi me suis-je embarqué avec ce peureux?... Et Tavannes, qu'est-il devenu? Diable soit des huguenots!

Ici Jacquin et Rousselet avancent et écoutent avec attention : l'inconnu, s'il l'est encore pour vous, tâte, trouve le banc où sont le pâté et la bouteille, et s'assied à une extrémité.

— Après cette échauffourée du château de l'Isle, j'apprends le lieu de ta retraite, ma chère Marie; je sais les vœux que tu formes pour me voir près de toi; je reviens à la ville : nouveau message. Je me confie à Gautier... Re-

tenu près de ma mère, il me donne
pour guide son nigaud de cousin, qui
prétend bien connaître la route.....
Nous partons; une troupe armée paraît sur le chemin; Michot perd la tête,
se sauve en criant.; Les hommes d'armes, qu'il dit être des réformés courent
sur moi ; je m'échappe. Tavannes pro-
tégeait ma fuite; il sera tombé dans
leurs mains , et me voici errant à l'a-
venture... mourant de faim.

Il réfléchit un moment, et s'animant
par degrés.

— Maudite violence !... inconceva-
ble faiblesse !... Mon sang bouillonne
dans mes veines ! il se glace devant ma
mère !... Non, il n'en sera plus ainsi !
Qui donc est roi ? qui peut dire je veux ?
C'est moi, moi seul. D'où vient cet as-

cendant qu'elle a pris sur moi dans ma jeunesse ? Je m'en affranchirai!... O Marie ! toi seule régleras ce cœur où tu règnes! Ton esprit, ta fermeté me rendront digne du trône. Une union éternelle joindra nos destinées! Pour l'obtenir, je braverai tout. Pourvu que bientôt ces maudits protestans....

Jacquin et Rousselet s'approchèrent.

— C'est un officier du roi!

— Tu crois... En effet...

— Je suis bien las, poursuivit le roi; tâchons de reposer, en attendant le jour.

Il s'étend sur le banc : il trouve le pâté.

— Quoi! qu'est-ce que cela?

Il le prend, le flaire.

— Délicieux parfum!

Il trouve aussi la bouteille.

— Du vin !.... C'est un miracle !....
Après tout, pour un roi de France !...
Le ciel en a fait pour des gens qui ne
me valaient pas.

Il s'apprête à goûter du pâté : Jacquin et Rousselet, qui sont arrivés
près du roi, mettent leur mousquet en
joue.

CHAPITRE X.

———◦◦◦———

Suite du précédent.

Je ne vous dirai pas le tumulte occasioné par la tentative plus qu'imprudente du roi. Les protestans, qui avaient cru avoir à leurs trousses une

armée d'assassins, s'étaient précipités
dans les champs, à travers les vignes
du val de Saint-Denis, dans les venelles
de Saint-Jean-le-Blanc et sur la rive de
la Loire, qui, à partir de la levée,
s'étendait en tapis vert jusqu'au bassin
du fleuve. Les hommes qui accompa-
gnaient Gautier avaient aussi pris leur
part de la plaisanterie: ils avaient pour-
suivi les jeunes protestantes et avaient
levé les voiles de celles dont la taille
promettait un joli visage. Les réformés n'avaient pas tous fait preuve
d'une patience héroïque : ils avaient
cru que la loi de Dieu ne défendait
pas de protéger une femme, une sœur
ou une fille, et ils avaient répondu
aux insolences par des coups de poing
ou des coups d'épée. Çà et là ce n'é-
taient que combats singuliers dont la

plupart devinrent funestes aux protestans; car ceux des catholiques que le
hasard avait amenés sur le lieu de la
scène avaient pris d'abord fait et cause
pour leurs correligionnaires, et leur
avaient rendu, par leurs secours, la
victoire honteusement facile. Je ne
vous dirai pas le nombre de coiffes
et de voiles arrachés, jetés au vent
ou à la Loire, ni combien de baisers
furent pris et peut-être rendus. Je
sais seulement que la grève de l'île
aux Bœufs présenta, le lendemain, aux
mariniers, plusieurs cadavres d'hommes noyés, et que les protestans célé-
brèrent trois cérémonies de funérailles.
Étrange contraste, qui fit répandre à
Aurélie bien des pleurs! Gyvès, lui,
ne pleura point; mais son cœur ulcéré
se gonfla de projets de vengeance. La

révolte lui sembla presque une justice.
Le chancelier le ramena à des idées
d'ordre et de résignation; mais deux
fois Charles IX l'avait blessé dans
ses affections. Marie l'avait trahi pour
le roi, et le roi avait outragé celle qui,
après Dieu, occupait alors sa pensée...
Aussi, lorsqu'en rentrant chez son père,
il reçut un message des protestans
retirés |dans la forêt, il l'ouvrit avec
empressement et répondit avec joie
aux désirs qu'ils y exprimaient de le
voir parmi eux: ils ajoutaient en outre
que ses lois seraient respectées; qu'ils
le nommaient leur chef; qu'ils lui con-
fiaient leur sort, comme au plus digne,
comme au plus sage!

Catherine revint à Orléans dans une
colère horrible; elle défendit de parler

de cet événement, et ce fut l'entretien
de toute la ville... Groslot, qui, plus
qu'un autre entrevoyait ses desseins,
répandit la nouvelle de la mort de la
reine de Navarre, comme un présage
des attentats qui se méditaient en
silence. La terreur commença dès lors
à glacer les esprits. Le fou de la rue
de Hurepoix reparut soudain, et une
nuit il parcourut la ville en rédoublant
ses cris; mais cette fois, ils avaient un
accent terrible : tout Orléans l'entendit
presque à la même heure. On pensa
que sa voix avait été portée par un
miracle dans tous les quartiers, et qu'il
était envoyé d'en haut pour épouvan-
ter et convertir.

Personne ne se convertit : les catholiques devinrent plus menaçans et les
huguenots plus timides.

Le lendemain de la journée des chaperons, car le nom en resta, et long-temps encore on vous montrera où fut le château de l'Isle, où fut outragée Aurélie, où Gyvès croisa l'épée contre son roi; le lendemain, dis-je, la reine se transporta au séjour du chancelier pour ramener son fils à Orléans, et de là retourner au Louvre, où l'appelait l'exécution de la pensée de toute sa vie.

Le chancelier, à sa vue, fléchit le genou devant elle

— Comment! un chef de protestans à mes genoux! dit la reine avec surprise: Messieurs de la religion ne nous ont pas accoutumés à de pareils hommages......

— Madame, repartit Groslot, on s'agenouille pour une faute... C'est la situation où je me trouve...

— Comment... une faute ! vous, qui seriez un modèle, si vous étiez... catholique... Mais quelle est cette faute..?

— Votre majesté m'avait recommandé de veiller sur son fils ; mais pouvais-je résister à mon roi ?... Il est sorti avec son officier... Ils ont échangé deux ou trois mots avec un des hommes qui l'escortaient hier... et...

— Et?...

— Il est parti.

— Par la mort !.. s'écria Catherine...

Puis elle reprit avec un calme su-

bit que le chancelier ne put compren
dre :

— Je sais où il est... Sans adieu
chancelier... Je ne vous en tiens pas
moins pour un bon et loyal sujet...

Elle le quitta et complimenta, en
partant, Aurélie sur sa grâce et sa
beauté.

— Qui vive! crièrent ensemble Jacquin et Rousselet.

— Où suis-je ? dit le roi.

Il quitte la bouteille et le pâté, se
lève, marche un moment dans l'obs-
curité; il avance la main et saisit le ca-
non du mousquet de Jacquin, dirigé
contre lui.

— Ils sont armés...!

Pour le coup, il faut l'avouer, le roi
eut peur...

— Qui vive! encore une fois...

— Moi... répondit-il.

— Mais qui, toi?...

— Parbleu! moi, vous dis-je, répliqua Charles.

Et il s'étonna très-fort du peu d'effet que produisit ce *moi*, si puissant au
Louvre.

— Ce n'est pas répondre. Où vas-tu?

— Au château du Hallier.

— Qui es-tu?

— De la prudence, dit Charles à lui-même.

Et il répondit avec aisance :

— Officier du chevalier de Touchet.

— Ah! ah! chevalier de Touchet, lui répondit-on en éclatant de rire ; attends, pour lui donner ce titre, que le roi de France se soit avili jusqu'à nommer sa fille marquise ou duchesse.

Charles rougit d'indignation, et se contenant à peine :

— Misérables!

Mais il se calma et reprit avec dignité :

— Qui êtes-vous, vous-mêmes, pour m'interroger ainsi?

— Des proscrits.

— Ce sont des huguenots... Messieurs,
pourriez-vous m'indiquer ma route?...

— Tu vas rester jusqu'à ce que tes
desseins soient éclaircis. Toi, Rousselet, va faire ton rapport ; je garderai
le prisonnier.

Rousselet partit, le factionnaire du
fond le remplaça.

— Nous avons dérangé votre repas,
monsieur l'officier du noble chevalier
de Touchet; les gens de guerre sont
peu polis, et surtout ceux des bois,
voyez-vous?

— Ce n'est pas d'un brave de m'in-
sulter quand je suis sans défense ; je
suis votre prisonnier, vous me devez
du respect.

— Soit ; mais nous soupçonnons que tu es un officier du roi, et nous sommes, nous, des proscrits indépendans, qui devons veiller à notre sûreté.

— Bien ! bien ! Si jamais... A qui me conduira-t-on ?

— A nos chefs, ce ne sera pas long.

— Je suis excédé de lassitude et de faim.

Charles se rassied sur le banc.

— Puisque tu as trouvé des provisions, profites-en ; je vais te tenir compagnie.

Il prend du pâté et en présente au roi.

— Excellent !

Il commence à manger de bon ap-

pétit. Jacquin lui présente une bouteille.

— En usez-vous ?

— Merci.

— A votre santé !

— Vous n'êtes pas trop à plaindre ;
voilà de la pâtisserie parfaite.

— Adieu, monsieur Jacquin, dit
une voix que nous connaissons.

— C'est toi, Michel ; tu pars déjà ?

— Oui, diable, et ma femme !...

Charles continuait à dévorer du pâté
sans s'occuper de l'entretien de ses
voisins.

— Bon pâté ! je n'en ai jamais goûté
de si bon à ma... à ma maison.

— Je le crois bien, camarade : c'est
que je l'ai soigné comme pour la bouche d'un prince. Qu'est-ce que ce par-
ticulier-là? dit-il à Jacquin, à demi-
voix.

— C'est un prisonnier que je garde,
quelque officier du roi envoyé en am-
bassade auprès de cette mijaurée de
Marie Touchet.

— Vous croyez?

Il revient au roi.

— Vous le trouvez donc bon, monsieur le prisonnier?

— Si je connaissais l'adresse du faiseur, je donnerais l'ordre, c'est à dire
je dirais... je voudrais en avoir.

— Eh bien ! le voilà le faiseur, dit

Michel en se redressant avec orgueil ;
si vous êtes un honnête homme, to-
pez là ; puis jurez-lui de ne pas dire
où vous l'avez connu : il vous dira son
adresse.

— Je vous le jure.

Le roi serra affectueusement la main
de Michel.

— Il s'appelle le père Michel, bou-
langer-pâtissier - traiteur ; il demeure
à Pithiviers, au coin de la halle. Si
vous allez jamais dans le pays, venez
le voir, il vous en fera tâter de la
cuisine, et de la bonne.... et des pâtés
d'alouettes... de mauviettes, etc., etc.

— J'irai vous voir.

— Est-ce Dieu possible ? Si vous me
faites cet honneur, je vous donnerai

à goûter des pluviers avec une sauce de mon invention, et vous verrez.... Vrai ! sans me vanter, il ne faudrait qu'en servir au roi pour me donner à moi et à ma boutique une réputation universelle. Je vous salue, adieu, monsieur l'officier, au revoir !

Il sortit, et long-temps encore on l'entendit se féliciter avec son mulet du grand succès qu'il venait d'obtenir.

— Il m'a l'air d'un brave homme, dit le roi avec nonchalance.

— Tous les deux jours nous recevons une partie du fruit de son travail, de ses économies.

—Il mérite d'être protégé.

— Sans doute; mais si quelque ca-

tholique le savait, il périrait peut-
être.

— Je m'y opposer... Je vous assure
que je m'y intéresse beaucoup.

Rousselet revint escorté d'hommes
armés.

— Jacquin ! es-tu là ?

— Oui, répondit Jacquin la bouche
pleine.

— Tu n'as pas perdu ton temps.

— Je tenais compagnie au prisonnier... qui, de son côté... Puis tu as
été si long-temps...

— Il faut le conduire au conseil;
on va l'interroger.

— Allons, monsieur le prisonnier,
suivez-moi.

— Où donc?

— On vous le dira quand vous y
serez.

— Mon Dieu! je me remets entre
tes mains, dit Charles avec résignation; et il sortit entouré des hommes
qui étaient venus avec Jacquin.

CHAPITRE XI.

***

Le Pardon.

Le roi a suivi son guide dans la forêt, et avec lui il s'est égaré, comme
lui-même s'est chargé de nous l'apprendre ; mais nous ne nous en sommes

guère occupés : le danger du roi a pris
toute notre attention , et nous n'avons
pas un moment regardé en arrière pour
voir ce qu'était devenu le pauvre Michot et Tavannes, qui, comme officier
du roi , a bien quelques droits à notre
intérêt. Pourtant nous attendrons encore pour voir entrer Charles IX dans
la tente où il doit être interrogé...

Jacquin a refermé la tente après
avoir introduit son prisonnier : il monte
la garde. D'autres factionnaires sont
disposés de loin en loin. Il se promène,
et ces demi-mots lui échappent :

— On va le juger, ou du moins on
va tâcher, pour le juger, de savoir
qui il est. Il me fait de la peine : il n'a
pas l'air méchant ; mais il y a tant de

danger!...Quellecorvéeaujourdhui! Ah
ça ! je suis encore de faction, ne nous
endormons pas.

Pendant qu'il pense à ne pas dormir,
le sommeil le gagne ; tout à coup, la
sentinelle du fond crie : qui vive ! Michot arrive là comme une bombe,
court, traverse les arbres et vient tomber devant Jacquin à genoux. Jacquin, réveillé soudain, saisit brusquement son mousquet.

—Ah ! monsieur l'hérétique, ne me
tuez pas ; j'ai une femme, trois enfans.

— Allons ! lève-toi, avec tes hérétiques ; qui es-tu, toi ?

— Un pauvre charcutier de la rue
Barillerie, qui allais...

— Où.

— Conduire...

— Qui ?

— Le...

Il hésite, puis se ravisant :

— Un de mes parens, au Hallier.

—Ah! ah! au Hallier. Ils y vont tous!
Tu servais de guide à l'officier que nous
avons arrêté ?

—Que vous avez arrêté !... je ne le
connais pas.

Tant   mieux, car son affaire n'est
pas bonne.

— Je suis perdu ! maudite ambition!

— Tu vas bientôt voir le chef : tu lui répondras.

— Le chef !... ah ! mon Dieu !

Il eut une si grande frayeur, qu'il prit un air calme et assuré.

— Est-ce que vous savez, dans votre troupe, ce qui se passe en ville ?

— A peu près.

— Tiens !... vous ne saviez pas que la reine a juré de venger l'insulte faite à son fils, à la sortie du prêche, et de punir les héré.... les réformés... qui mettraient la main sur un catholique ?

Le factionnaire du fond crie : qui vive ? une voix répond : amis !

— Vive Dieu et la réforme!

Les rangs s'ouvrirent pour Gyvès et Toussaint.

— Enfin, grâce à Dieu, nous voici aux premières vedettes, dit Toussaint à Gyvès.

— Vous êtes fatigué, mon père?

Toussaint ne songeait pas à sa lassitude : il s'agissait de ses frères.

— C'est vous, monsieur de Gyvès, lui dit Jacquin ; on vous attend au conseil : j'ai ordre d'annoncer votre arrivée.

Jacquin entra dans la tente. Michot, qui se crut oublié, chercha à se sauver ; mais le factionnaire lui barra le passage avec sa hallebarde : Michot retourna silencieux à sa place.

— A mon retour du prêche, dit Toussaint à Gyvès, vous m'avez confié le message de nos frères : j'ai dû vous suivre. Ils implorent notre appui : nous aurons peut-être besoin du leur.

— Je suis prêt à tous les sacrifices.

— Je craignais que notre jeune fiancée, observa Toussaint, comme un homme qui comprend les pensées du cœur...

— Pars, m'a-t-elle dit, vas mourir, s'il le faut je reste pour consoler mon père.

— Chère Aurélie ! modèle de toutes les vertus, de toutes les grâces !

16.

— La ville était agitée?

Médicis est furieuse : elle parle de
vengeance.

— Que craindrait-on?

— Le peuple est exaspéré ; on lui a
fait un récit infidèle des événemens du
prêché : le chancelier lui-même m'a
prié de m'assurer de l'existence de
nos frères , si l'on essayait à Orléans
quelque violence contre nous.

Michot, pendant ce dialogue, s'était
rassuré.

— Je vais me découvrir : M. de
Gyvès me tirera de là ; je ne lui ai
jamais causé de mal : puis ce bon
M. Toussaint priera pour moi : c'est
un si digne homme !

Il s'approche de Gyvès.

— Monsieur de Gyvès !....

— Que voulez-vous?

— Je suis Michot, cousin de Gautier, c'est-à-dire, voisin de Gautier.

— Comment te trouves-tu ici?

— Je me rendais au Hallier.

— Au Hallier, dis-tu?

— Au Hallier, par ordre du roi.

Et il se redressa avec fierté.

Par ordre du roi ?

— Et oui, avec un de ses officiers.
Nous avons rencontré un détache-

ment , j'ai eu peur : je mé suis sauvé :
ils ont pris l'officier. Je voulais revenir
en ville ; mais je me suis dit : si je retourne sans l'officier... on me pendra ;
être pendu ici, être pendu là-bas, autant vaut savoir ce qu'il est devenu :
je me suis avancé dans le bois, et je me
suis arrêté ici, c'est-à-dire qu'on m'a
arrêté. Monsieur de Gyvès et vous, monsieur Toussaint , qui êtes un homme
de Dieu , rendez-moi à ma pauvre
femme, à mes pauvres enfans : je vous
jure...

Il veut se mettre à genoux , Toussaint l'en empêche.

— Je vous jure que le cousin Gautier aura beau dire... Les rois, la politique, tout ça ne me sera plus de
rien.

— Gautier ! ce misérable...

Il s'arrêta... Puis avec calme :

— Connais-tu ses projets ?

— Il ne les connaît pas lui-même ; il va comme je te pousse...

— Quel officier conduisais-tu au Hallier ?

— D'abord, ce n'est par le roi : c'est l'officier qui l'accompagne.

— Qu'allait-il y chercher ?

— Nous allions... voir la dame... de ses pensées... c'est-à-dire la dame des pensées de son maître.

— Cet officier, où est-il ?

— Vos chefs tiennent conseil pour savoir s'il sera ou non... pendu !....

Quelle imprudence ! s'écria Gyvès : courons empêcher un assassinat ! il en est temps encore.

Il ouvrit rapidement la tente et entra avec Toussaint.

— Belle protection ! c'est-à-dire qu'on ne me laissera pas échapper.

Michot resta tremblant de la scène qui se préparait.

— Ça va faire un beau tapage, se dit-il avec une tristesse mêlée de curiosité ; M. de Gyvès va voir le roi : ils s'en veulent ; c'est juste ! Le roi lui a molesté sa femme. Et moi donc ! si le jour de mes noces, on était venu pour... je me serais battu... vrai... si j'avais pu me battre. Ces diables de femmes, c'est cause de tous les malheurs du monde! Enfin... m'y voilà!... tire-t'en comme tu pourras, Michot. Si le cousin Gautier était là seulement, il viendrait à mon secours! Avec lui, je n'en crains pas dix, je n'en craindrais pas vingt, de ces sans-cœur d'hérétiques... Je voudrais le voir ici ; comme il vous les...

Il prêta l'oreille.

— Allons, les voilà qui parlent ! ils se débattent... ils viennent... C'est fini de moi, dépêche tes patenôtres, pauvre Michot! *Pater noster...*

La peur l'empêcha de finir. Char—

les enveloppé dans son manteau, sortit de la tente avec Gyvès.

— Ecuyer, dit-il, je vous remercie.

— C'est un devoir, vous n'êtes point
un espion.

— Non, certes!...

— Je ne sais pourquoi j'ai répondu
de vous sans vous connaître.

— Je n'oublierai jamais ce service :
sans vous j'étais condamné, et...

Il hésita sur le mot.

— Exemple terrible de rigueur, que
nous donnent souvent les magistrats
du roi de France! droit affreux de re-
présailles !

— C'est vrai! c'est vrai! dit Charles à lui-même.

— Vous alliez au Hallier?

— Qui vous l'a appris?

— Un pauvre diable qui vous servait de guide...

— Ah! mon guide!

Michot, rassuré par la tournure pacifique des interlocuteurs, s'avança.

— Le voici...

— C'est ce misérable... dont la peur...

Michot n'avait pas entendu. Il arriva avec orgueil et regarda le roi, qui fixa tout à coup sur lui des yeux de colère.

— Malheureux !...

Michot, anéanti, tomba à genoux.

— Sire , que votre majesté...

— Que dis-tu ? le roi !... cela ne peut être...

Gyvès s'approcha du roi. Charles ouvrit son manteau.

— Ah !... oui, en effet.... c'est le roi.

Et un sourire amer de joie et d'indignation rida les lèvres du jeune protestant.

— Je n'irai pas bien loin chercher ma vengeance ! Te voilà donc sans escorte... sans gardes... Que c'est petit, un roi seul !... Savez-vous qui je suis ?

— Je ne vous ai jamais vu à ma cour.

— Ce n'est pas là que vous m'avez rencontré ! Une fête religieuse se célébrait au château de l'Isle, asile offert par le chancelier de la reine de Navarre aux justes que la persécution chasse des villes. On y célébrait une cérémonie de fiançailles : un homme se joint à des misérables pour troubler nos prières; il ose attenter à l'honneur de la fille d'un vertueux magistrat, à la fiancée d'un fidèle serviteur du roi : maintenant, je vous le demande, quelle doit être l'indignation de l'amant, quel doit être le châtiment du lâche qui insulte une femme ? Eh bien ! cet amant, c'est moi ! cet insolent, c'est vous !

Certes, Gyvès était de bonne foi dans ce reproche; mais quoiqu'il n'ait

pas prononcé le nom de Marie, elle
était pour beaucoup dans sa colère,
et il eût peut-être pardonné l'outrage
d'Aurélie, si cette blessure avait été
la première que le roi eût faite à
l'amant. Charles lui répondit sans
s'émouvoir :

— Tu ne me parlerais pas ainsi, si
j'étais sur mon trône de France !

— Si tu étais sur ton trône, je te dirais : roi de France, crois-tu que ton
septre est une verge de fer pour écraser ton peuple? Dieu t'a donné les
biens et les corps de tes sujets ; mais il
ne t'a pas livré leurs consciences : en
vain tu emploieras la force des armes,
Dieu est le Dieu des armées; le sou-
fle de sa colère dispersera tes batail-
lons. Ce jour est venu ; tu vas périr

ici sans gloire, sans éclat ; aucun prêtre ne t'assistera à ta mort ; les prières n'accompagneront pas à Saint-Denis
ton cercueil royal. Recommande ton
âme à Dieu ; et puisse-t-il la prendre,
si elle n'est pas trop criminelle pour
paraître devant lui !

— Laisse-moi donc seul avec Dieu.

— Allons, lui dit Gyvès.

Et il se promena avec agitation.

— Saints de mon royaume, murmura le roi en prière, demandez un
miracle pour moi !

Il écouta.

— Rien ne se trouble, tout est tranquille... Ce bruit... c'est le bruit du

vent ! plus d'espoir !... Mourir sans confession ! O mon Dieu ! accordez-moi
la contrition parfaite !

Deux hommes s'approchèrent de
Charles, qui se disposa à les suivre.

— Adieu ! beau trône de France !
adieu, Marie !

Michot, anéanti, se cachait dans son
coin ; il tremblait de tous ses membres.

— Je suis vengé ! se disait à lui-
même Gyvès, pour s'affermir dans une
résolution difficile. Je sauve mes frères,
mon épouse, ma religion ! Malheureux ! n'ai-je pas lu : à Dieu seul appar-

tient la vengeance? Pardonnons, c'est
la loi de Jésus-Christ.

Il se jeta aux genoux du roi.

— Pardon! pardon! sire! la colère avait fermé mes yeux; la foi
vient de les ouvrir : vivez et n'oubliez
pas qu'un huguenot vous a donné la
vie.

— Que dites-vous? quel change-
ment!..

— J'ai cru entendre la voix de
Dieu.

— Il y a donc de la vertu parmi
vous?

— Ah!... sire!... vous n'avez pas de
plus fidèles serviteurs! Quand avons-
nous trahi? Nous prenons les armes;
mais on nous attaque, on nous pour-

suit, on pille nos biens, on brûle nos maisons, nos temples; on nous égorge, on nous tue: qu'opposons-nous à ces persécutions? la patience, la douceur. Le roi est à la tête de nos ennemis; nous mourons, et nous prions pour le roi!

— Comme on m'a trompé! Mais peut-on réparer ces maux?...

— Un mot de votre bouche royale! la paix se rétablit, plus de sang! plus de meurtres! plus de crimes! Dites liberté de conscience, et tout vous bénira: ne sommes-nous pas tous enfans du même père? La rigueur éloigne les cœurs; la clémence les rappelle!

— Jamais prédicateur ne m'a tou-

ché comme toi ; mais je veux être digne de vous. Rassemble tes amis.

— Quoi ? sire...

— Rassembles-les, te dis-je. Tu
crains... Eh bien ?...

Il sonne de la trompe : tout à coup
une grande rumeur se fait entendre,
des flambeaux allumés paraissent ; de
tous côtés accourent les protestans.

— Français, Charles IX est devant
vous !

— Le roi !...

— Le roi !...

Et tous se demandaient si c'était
une réalité ou un rêve.

17.

— Je vous apporte la paix, et la
grâce de tous ceux qui ont pris part
aux troubles : je donne à tous la liberté de conscience. J'engage solennel-
lement ma parole royale. Retournez
en paix dans vos maisons, et ne m'oubliez pas dans vos prières.

Les protestans entourent le roi, lui
baisent les mains, se mettent à genoux, remercient le ciel; les cris de vive
le roi! vive Charles IX ! se font entendre et se prolongent dans la forêt.

Charles mit la main sur son cœur,
qui battait d'une émotion toute nouvelle.

—Je sens là une joie inconnue....
Quelle émotion ! Ah ! Gyvès! qu'il est

doux d'être aimé !... Allons trouver
Marie.

Les cris de joie recommencèrent.
Gyvès se prépara à l'accompagner, et
Michot se rangea près de son maître,
en bénissant le ciel, qui veille toujours
sur la vie de ceux qui le servent avec
zèle.

CHAPITRE X.

Le Hallier.

Il me semble que nous avons témoigné une grande indifférence pour le
sort de Marie. Nous l'avons laissée au
pouvoir de Sipierre, qui ne paraît pas

homme à s'attendrir sur des peines d'amour, et qui va, certes, la conduire au lieu de son exil avec toute la loyauté d'un courtisan qui craint de s'apitoyer et de déplaire. L'impassible Sipierre a fait ouvrir les portes du château solitaire où jadis le roi passa de si doux momens avec Marie, et dans lequel ils firent des haltes si longues après leurs chasses. Cette fois, au lieu d'un cortége de seigneurs et de courtisans, au lieu de cette meute de chiens qui, à peine arrivés, se répandaient dans les cours, dans les appartemens, dans les jardins, et mettaient en fuite les oiseaux qui peuplaient les beaux arbres, un fermier, deux ou trois domestiques seulement, se présentent, et l'entrée est silencieuse et triste. Si-

pierre partit en ordonnant aux exilés
de ne pas quitter le château : la recom-
mandation était inutile ; on connaissait le caractère de Catherine, et l'on
savait ce que pouvait coûter la plus
légère infraction à ses volontés.

Un jour, une nuit se passèrent dans
une agitation horrible : Marie ne ferma
pas les yeux... Jadis, de ravissantes
pensées lui tenaient lieu de sommeil :
trop de joie empêche de dormir ; mais
aujourd'hui, que de tristes réflexions
viennent l'assaillir en foule ! Au lieu
de ces illusions d'avenir que l'arrivée
du roi avait fait éclore en elle, elle ne
voit plus que séparation, exil, la mort
peut-être ; car si elle gêne Médicis,
elle sait comment la reine se délivre
de ses ennemis.

Elle se leva et elle se traîna dans le salon où Touchet l'attendait pour déjeuner. La veille même, il avait envoyé au roi un message écrit par sa fille. La table est dressée dans une vaste chambre gothique, mais ornée de modernes raffinemens d'architecture : des croisées, dont le haut s'arrondit en voûte, et à côté de chaque grande croisée une petite absolument conforme dans une proportion inégale ; de vieux tableaux, des chaises longues et de grandes armoires enclavées dans le mur, garnissent les intervalles. Touchet met la table en ordre ; Marie, assise sur sa chaise, nonchalante et triste, rêve et gémit. Elle rompit le silence la première :

— Nous voici donc exilés ! prisonniers dans ma propre demeure !

— C'est ta faute : pourquoi diable aussi engager sa majesté à aller voir cette cérémonie ? On ne gagne jamais rien de bon à s'approcher des hérétiques.

— Avec quelle arrogance elle m'a reléguée ici ! Et ce gouverneur ! quel zèle il a mis à exécuter ses ordres ! Ce sont bien là les gens de cour.

— Voyons, dejeûneras-tu aujourd'hui ? Quand tu te feras plus de peine qu'il ne faut ! à quoi bon ? Voilà des préparatifs qui seront peut-être inutiles.

— Avez-vous envoyé ma lettre par quelqu'un d'intelligent ?

— Oui, un second moi-même.

—Ce n'est pas rassurant ! S'il m'aime,
il sera bientôt ici.

Et elle poussa un gros soupir; quoiqu'égoïste, Touchet en fut ému.

— Allons, allons, lui dit-il, rassure-
toi, il t'aime ? Il viendra.

— Dois-je l'espérer? il doit être bien
surveillé !

— Il y viendra, ma fille.

Une voix qui partait du dehors, au
bas de la croisée, appela :

—Mademoiselle Marie !

— Que me veut-on ? lui dit son père
qui parut effrayé du son de cette voix.

— Voyez, laissez-moi seule.

— C'est que j'avais cru entendre.....

Il tremblait ; une seconde fois la voix cria :

— Marie Touchet !

— On appelle de ce côté, dit Marie.

Elle ouvrit la croisée, Michot parut, et se mettant à cheval sur la croisée :

— C'est moi, qui viens vous donner des nouvelles.

Il sauta par terre.

— Ouf! je l'ai échappé belle ! Si vous saviez...

— Parle donc! qui t'a amené?

— Partout on m'a crié : qui vive !
Je n'ai pas osé avancer; je me suis
glisé par ici prudemment, pour vous
donner de bonnes nouvelles. Le roi est
sauvé...

— Le roi, dis-tu?...

— Il est sauvé ! et moi aussi ; rassurez-vous.

— Il aurait couru des dangers?

— Je vous en réponds , que nous
avons couru des dangers ! Sans mon
courage et ma présence d'esprit , la
France perdait son monarque.

— Vous verrez que le chancelier

aura excité les protestans contre lui,
dit Marie, qui croyait que le danger
du roi était relatif à sa tentative du
château de l'Isle... Poursuis.... poursuis... raconte-moi vite ce qui lui est
arrivé après que le gouverneur m'eut
emmenée...

— Ah! vous voulez dire l'affaire du
bord de l'eau, reprit Michot ; ah! vous
en voulez d'abord des détails : je vais
commencer par là. La reine s'est mise
d'une colère... Elle a séparé le roi et
M. de Gyvès, qui se battaient, sans se
connaître, pour cette petite Aurélie.

Marie tressaillit.

— Elle a laissé le roi sous la garde
du chancelier ; moi, j'ai profité d'un

moment qu'il était seul : je lui ai dit que vous l'attendiez ici.

—Le roi au château du chancelier !... Je suis trahie... il suivait cette... Continue...

— Par le moyen du seigneur Tavannes, j'ai revu le roi : suivant nos conventions, je l'ai attendu à la Croix-Fleury, pour le conduire ici avec son officier.

— Il m'aime toujours! je respire! Poursuis.

— Ensuite...

— Eh bien ! ensuite, dit Marie, que ce discours trop long n'instruisait pas de ce qui l'intéressait le plus... Le roi va-t-il venir ?

— Le roi va venir ici dans une heure, dit avec humeur Michot, qui ne pouvait faire du dramatique avec son récit de la forêt.

— Ah! je respire..!

— Et moi aussi.

— Il va venir! cria avec explosion Touchet.... Vivat! il faut que je prépare un beau discours pour sa réception : cela s'est toujours pratiqué ainsi; et, comme maître d'un château..... voyons.... qu'est-ce que je lui dirai?... c'est là l'embarras... J'ai de l'esprit.... ce que je dis fait toujours rire... Hum!.. hum!... Sire... voilà que je commence bien... après?... qu'est-ce que le roi a fait de beau dans sa vie?... Ah! j'y suis !... Quand votre majesté daigna choisir ma fille pour...

— J'entends du bruit...

— C'est le roi sans doute...

Touchet s'avance vers la porte, qu'il ouvre en se courbant. Il commence son discours sans lever la tête.

— Sire, quand votre majesté daigna choisir ma fille pour...

Mais au lieu du roi, entra Catherine de Médicis suivie de Bourgoing ; Marie, qui s'était élancée comme pour embrasser le roi, revient avec frayeur, et reste immobile, inquiète de ce qui allait se passer.

— Quel est ce fou ? dit Catherine en repoussant Touchet.

— La reine-mère !

— Je suis perdu !

Touchet et Marie sont attérés. Catherine est en proie à une violente colère.

— Ce n'était pas assez , s'écria-t-elle en saisissant le bras de Marie , d'avoir excité mon fils à une démarche qui a compromis sa dignité et le sort de l'Etat... vous l'avez engagé à me désobéir pour arriver jusqu'ici.

— Madame....

— Je connais vos désirs : je sais vos

projets : aucun d'eux ne s'accom-
plira sans ma volonté... Mon fils est-il
arrivé ?

— J'ignore si sa majesté...

— Cessez de feindre : je sais tout ;
mon empressement vous prouve mes
alarmes. Retirez-vous...! mon indignation est à son comble !

Après ce court dialogue, auquel Touchet, anéanti, n'osa prendre aucune
part, Marie sortit lentement, soutenue
par son père ; Catherine les regarda s'é-
loigner avec une fierté tranquille.

— Avouez-le, mon père, dit-elle à
Bourgoing après le départ de Marie,
voici de l'embarras ! Métier de roi,
véritable galère ! Tout est prêt, il ne

manque que la signature de mon fils !
Au moment de l'obtenir, il trouble
tout pour cette bégueule... Enfin, nous
voilà chez elle : nous n'avons qu'un
jour, profitons-en : d'abord que déci-
dons-nous de Marie?...

— Ce que vous voudrez.

— Elle me gêne.

— Il faut vous en débarrasser. Nous
avons des expédiens... Des gants par-
fumés...

— Moyen usé... la reine de Navarre
en a porté...

— Le poignard...

— Le sang laisse des traces.

— C'est vrai, reprit Bourgoing en riant, je n'y songeais plus. Mais au lieu des moyens violens et souvent incertains... ne pourriez-vous pas la mettre dans vos intérêts?... L'appat d'un mariage...

— Quelle idée!... Marie Touchet l'épouse du roi!... c'est le dernier parti.....

— C'est le premier à prendre.

— Comment cela?...

— Engagez d'abord votre parole, nous trouverons un moyen de ne pas la tenir. Je me charge de concilier vos scrupules et l'honneur de votre royale maison ; je sais une ressource...

— Prompte, infaillible?...

— Voyez !

Il tira de son sein un petit ciboire d'argent et l'ouvrit : Catherine y regarda avec empressement...

— Je vois... des hosties...

— Consacrées... c'est-à-dire préparées... vous concevez ! Après le mariage, la communion ; et votre ennemie....

— Très-bien ! gardez cela... j'en aurai peut-être besoin. Je ne communierai jamais de sa main, dit-elle en elle-même.

— Vous voilà tranquille maintenant; vous donnerez à Marie l'époux que vous lui aurez promis ; vous ne lui parlerez pas de ce que je lui réserve.

— Il faut tenter cette voie !... Je
l'ai effrayée tout à l'heure... nous sau-
rons l'apaiser : il n'y a pas de rancune
qui tienne contre un trône ! Allez, en-
voyez-la moi de suite !

Bourgoing salua et sortit. Catherine
eut beaucoup de peine à se résoudre à
une pareille avance, dont Marie pouvait suspecter la loyauté.

— Cette petite sotte, pensait - elle,
elle me dispute le pouvoir ! Qu'elle me
seconde... nous le partagerons. Il faut,
par son adresse, obtenir la signature du
roi à cet ordre qui ne me quitte
pas !

Elle tira un papier de son sein.

—Dire que la vie de plusieurs milliers d'hommes est attachée à quelques traits que le doigt de Charles peut tracer.

Elle simula le mouvement d'une signature.

—Rien que cela !... Le moment est favorable... son amour pour Marie fera le reste.

Pendant qu'elle tenait encore à la main l'acte terrrible , Marie entra avec timidité. Catherine courut au-devant d'elle.

— Ah! vous voilà ! Je vous ai brusquée tout à l'heure... Mais le danger de mon fils... Vous pardonnerez, n'est-ce pas? Quand on est si jolie, il faut être indulgente.

Marie, étonnée, ne répondait qu'à-peine.

— Madame... tant de bonté... Elle me caresse, se dit-elle tout bas ; soyons sur nos gardes.

— Allons, ajouta Catherine, parlons franchement.

— Elle veut me tromper.

— Vous êtes l'amie du roi : c'est flateur !... Plus d'une femme de notre noblesse envie votre sort ; mais n'en est-il pas un que vous puissiez envier vous-même ?...

— Lequel ? Je ne vois au-dessus de moi que celui qui est au-dessus de tous : c'est son cœur, ce n'est pas sa couronne que j'aime. Que puis-je de-

mander encore? J'ai trop de bonheur
pour former un désir.

— Si l'on vous unissait de plus près
à lui ?

Marie tressaillit; mais son émotion
passa comme un éclair; elle reprit
son sang-froid, et pour ne pas donner
prise sur elle, elle répondit avec l'in-
génuité d'une jeune fille :

— Il n'est pas de magie qui puisse
resserrer nos liens... Ma vie est mon
amour: je cesserai de vivre avant de
cesser de l'aimer.

— Aussi artificieuse que belle ! murmura Médicis ; mais, ma chère Marie,
l'amour est fragile : jeune, entouré de
femmes séduisantes, adroites, faciles,

un roi, qui d'un mot peut-être heureux, oublie ses sermens , porte ses hommages aux pieds d'une autre, et... vous plante là?...

Marie frémit à cette expression si franche d'un sort commun aux maîtresses de roi ; mais aussi adroite que son antagoniste, elle ne lui laissa pas même entrevoir sa crainte.

— Les poètes de sa cour pourront composer mon épitaphe.

Catherine rugissait dans son âme d'être confondue, en quelque sorte, par la naïveté d'un enfant: elle fut deux ou trois fois sur le point de croire à sa franchise; mais Marie ne se trahissant pas, Médicis continua :

— Ces sentimens vous rendent digne d'un éclat qui doit suivre l'accomplissement de mon projet.

—Si je puis vous servir, je suis prête; pourvu qu'il ne blesse en rien mon amour pour le roi.

— Rusée!... au contraire, cet amour y trouverait son compte. Voyons, entre nous, voulez-vous être reine de France?

— Reine de France!... Je ne puis croire à votre sincérité : une offre si brillante...

— Si je vous le promettais...

— Seriez-vous bien sûre de me le promettre ?...

— Vous doutez de la parole d'une reine.

— Je connais Catherine de Médicis.

— Vous sentez que j'ai besoin de vous ! Ecoutez ; il s'agit d'un intérêt d'Etat. La religion réformée étend ses rameaux dans la France entière ; un vieux proverbe dit : *mieux vaut tuer le diable que d'en être tué*, je veux tuer le diable.

— Elle se charge de ma vengeance ! pensa Marie.

— Tout est prêt ; dans trois jours l'hérésie est morte.

— J'admire !... Mais comment... ?

— Nous y voilà !... Le roi balance...

il vous aime... qu'il signe cet acte ;
vous devenez reine.

Elle le lui présenta.

— Ce que vous me demandez est
bien difficile, dit Marie, contenant à
peine sa joie.

Elle prit l'acte et le garda.

— Aussi, ce que je donne est grand !

— Je puis donc compter ?...

— C'est un traité conclu ; je veux
célébrer ici le repas des fiançailles ;
aussi bien, M. de Touchet l'a déjà préparé.

— Espérant recevoir le roi...

— Je sais... Il ne s'attend pas à trouver ici... deux reines.

Et un sourire diplomatique , un vrai sourire d'Italienne, vint contracter ses lèvres , pâles de rage et d'humiliation.

— Est-ce que votre majesté voudrait célébrer de suite ce mariage ? demanda Marie, qui voyait déjà la couronne sur sa tête.

— Oui , certes , j'ai amené avec moi le père Bourgoing ; il bénira votre union, qui restera quelque temps secrète. Demain, pour la consacrer, nous communierons ensemble de sa main.

— Comment pourrai-je reconnaître tant de bontés?...

Bourgoing rentra.

— Madame, dit-il à Médicis, deux hommes se dirigent vers ce château; l'un est le roi: l'autre est, dit-on, M. de Gyvès.

— Gyvès!... quel bonheur! suivez-moi... je veux... Ah!... ma chère fille, dit-elle à Marie, en lui donnant un baiser sur le front, je vous recommande de la prudence : je crois en vous, croyez en moi!

Elle prit Bourgoing par le bras et sortit. Marie se leva avec orgueil, en regardant l'acte que la reine lui avait remis.

— Et nous, allons au-devant du roi! Je réussirai! Je tiens donc en mes mains le sort de mes ennemis! Quel bonheur! le pouvoir, la vengeance!

CHAPITRE XI.

Le Poison.

Tout est calme au château du Hallier ; à peine se douterait-on qu'il soit habité ! et pourtant la France entière a les yeux tournés vers lui ! Sans savoir

19.

à quel point de l'horizon se lèvent ses quatre tourelles et le petit clocheton de sa chapelle, elle cherche, inquiète, d'où lui viendra cette sanglante catastrophe que Médicis couve dans son âme florentine, et qui doit en sortir un jour comme un volcan.

Dans un des appartemens les plus reculés du château, Charles, nonchalamment couché sur une chaise aux côtés de Marie, joue avec ses cheveux épars; il frise entre ses doigts ces fils dociles qui flottent sur deux épaules nues et sur un sein plus découvert que ne le permet la coutume même, si immodeste, de la cour et de la ville. Charles a le sourire sur les lèvres, et dans les yeux plus d'un bonheur. Pourtant il cherche à deviner quel motif secret a

pu troubler le calme et la gaîté de Marie. Elle l'a reçu avec empressement ;
elle s'est jetée dans ses bras avec une
joie, une ivresse que la présence de
Gyvès semblait augmenter ; mais quand
il le lui eut présenté comme un ami,
comme un bienfaiteur même : quand
il eut donné à Touchet l'ordre d'en-
voyer chercher, à Pithiviers, un pâté
chez un hérétique : lorsqu'enfin, il eut
fait promettre à Gyvès de séjourner
quelque temps au château et d'y passer au moins la journée, la joie de Marie avait fait place à la froideur, à
l'inquiétude : leur tête-à-tête, naguère
encore si tendre, moment délicieux
où Charles oubliait qu'il était roi, où
Marie oubliait qu'elle était sujette, n'a-
vait été qu'un échange de demi-mots à
peine aimables, interrompus par ces

minutes de silence si fatales en amour, si tristes pour deux amans à qui il annonce la fin de leur passion ; car une âme pleine de tendresse est féconde et causeuse ; le bonheur est bavard, et encore plus l'amour, qui quelquefois ressemble tant au bon-heur.

Le roi n'avait jamais connu ces chances si diverses, et il tâchait tant bien que mal de renouer et d'animer l'entretien.

— Ma chère Marie, vous avez failli perdre ce que vous avez de plus cher au monde. Je suis tombé dans un parti de protestans.

— Ils sont capables de tout.

— Même d'une bonne œuvre.

Avec tous les projets dont vous savez remplie l'âme de Marie, vous devinez l'accueil que reçut cette phrase du roi. Un moment de silence suivit. Le roi la regarda avec surprise et dépit.

— Marie! ma chère Marie..... qu'avez-vous donc? lui dit-il enfin? vous êtes rêveuse! Comme je ne vous connais pas de sujets de tristesse, je vais croire que c'est ma présence qui vous afflige.

Marie l'embrassa pour réponse; mais c'était une réponse bien froide.

— Tu auras pourtant droit d'être contente de moi, continua Charles; j'ai fait une belle action; je me récon-

cilie avec les protestans, et j'ai tout
pardonné.

Marie pâlit de rage, et regarda l'acte
qu'elle tenait caché dans sa main.

— Avec vos ennemis !

— Injuste ! ils m'ont conservé pour
toi ! S'ils se révoltaient, c'est à force
de persécutions... Qu'on les laisse
tranquilles ; ce seront les meilleures
gens de mon royaume.

— On ne change jamais un rebelle,
observa gravement la protestante convertie.

— Est-ce que tu veux m'animer contre eux ? Tu prends mal ton jour ! Ils
ont ri de toi ; ils se moquent bien de
ma mère, elle ne s'en fâche pas.
Sois sage comme elle ; tu devrais la

féliciter d'un hasard qui me sauve un crime.

— Un crime !

— Oui, j'aurais fini par signer ce que me demandait ma mère. J'en frémis quand j'y pense ! immoler mes sujets ! couvrir mon non d'une exécration éternelle.

— Je ne serai jamais reine de France ! pensa Marie, qu'un seul mot repoussait à jamais d'un trône.

— Marie, tu ne m'écoutes pas !

— Je ne suis pas tranquille ; j'ai des inquiétudes... Ces huguenots....

— Près de moi.. tu peux songer à

d'autre chose! Que l'amour te rassure, prodigue-moi ces caresses, ces baisers qui m'enivrent ; viens rendre Charles heureux.

Il lui pressait la main , il la serrait dans ses bras , il la couvrait de bai- sers.

— Bien ! très-bien, mes enfans!

Charles crut reconnaître cette voix où l'ironie se mêlait à un accent de domination et de colère : il se leva ir- rité ; mais il retomba sur son fauteuil quand il vit sa mère.

— Vous ici, ma mère ! vous me suivez donc partout ?

— Oui , mon fils , comme votre ange

gardien. Ai-je une autre pensée que votre honheur? Où en sommes nous? dit-elle bas à Marie.

— Rien !...

Elle lui rendit le papier, que Catherine mit dans son sein.

— Voici des préparatifs! dit - elle sans laisser lire sur son front aucune émotion : Monsieur de Gyvès, vous prendrez part à ce repas impromptu. Nous y voulons sceller notre réconciliation. Messire Touchet, vous pouvez servir; Messieurs, prenez place.

On prend place dans cet ordre : Bourgoing, Gyvès, Catherine de Médicis, Marie, Charles. Le hasard seul semble présider à l'arrangement des

places ; mais un œil soupçonneux eût
facilement reconnu, à l'empressement
que Catherine mit à se rapprocher de
Gyvès, une cause secrète assez ma-
laisée à analyser, mais qui devait inté-
resser de la part d'une reine qui n'a-
vait jamais fait dans sa vie une seule
démarche inutile à son pouvoir ou à
son ambition. Touchet et Tavannes
servaient et veillaient au service.

— Monsieur de Gyvès, dit Catherine,
après un demi-quart d'heure de silence , vous avez acquis des droits à
notre estime. Votre belle action envers
le roi notre fils... car je ne suppose
pas que vous ayez une arrière pensée.

Charles l'interrompit avec l'accent
du reproche.

— Ah! ma mère!

— Je pense que votre majesté ne
garde aucun soupçon, reprit avec dignité Gyvès.

— Ce n'est pas de vous que je parle;
mais en général, les rebelles.....

— Nous ne sommes pas des rebelles;
nous sommes des proscrits !

— Ce n'est pas vous que j'accuse,
encore une fois... Vous voyez ma confiance... car enfin...

Et elle appuyait sur ces mots avec
intention.

— Vous auriez beau jeu maintenant... si vous étiez un perfide... Les
rois meurent comme les autres.

— Je donnerais mes jours pour le
salut de votre majesté...

— Je me plais à vous croire.

Pendant ce temps le repas a avancé;
Charles et Marie ont échangé des mots
et des regards; Touchet a servi et surveillé avec de grands airs d'importance: bientôt il arrive lui-même portant un pâté qu'il dépose sur la table
devant le roi.

— Ah! messire de Touchet, c'est
très-aimable; on reconnaît votre zèle,
dit le roi, qui de suite en goûta; exquis!
le même que dans la forêt. Tous les
ans, à pareil jour, je veux qu'on en
serve un sur ma table, pour me rap-
peler comme on trompe les princes.

Il en servit à Gyvès.

— Le reconnaissez-vous?

— Il rappellera à votre majesté le souvenir de sa clémence.

— Buvons à la santé de tous les fidèles sujets de mon royaume !

—Monsieur de Gyvès, vous me ferez bien raison, répliqua assez vivement Catherine.

Elle demande à boire à Gyvès, qui lui en verse; elle boit une ou deux gorgées, et, retirant avec précipitation le verre de sa bouche :

— Jésus !.... quel est ce goût ?.... quelle amertume !

Et elle jette à terre ce qui restait dans le verre.

— Monsieur de Gyvès, ce n'est pas le même vin que tout à l'heure.

—Je n'y trouve aucune différence,
répondit Gyvès, qui goûta le sien avec
beaucoup de tranquillité.

— Au vôtre, je le crois bien ; mais
au mien !... Quel soupçon !... Ah ! monsieur de Gyvès , ce serait infâme !...

— Votre majesté peut-elle croire ?

—Je ne crois plus rien , ces douleurs sourdes, cette chaleur qui circule
dans mon sein... Gyvès , vous m'avez
empoisonnée !

— Quelle horreur ! s'écrièrent tous
les assistans.

Le roi fut le plus indigné d'un pareil soupçon.

— Ma mère ! c'est impossible , il m'a sauvé la vie !

— A vous! sans doute ; les protes-tans ne vous craignent pas.... mais moi !.., Oh! douleur! mes entrailles brûlent comme si une flamme... ma tête s'égare... Infâme assassin ! qu'on le saisisse !

Gyvès écoutait avec calme et rési-gnation.

— J'attends ; Dieu sait tout , di-sait-il.

Et sa figure n'exprima ni colère, ni surprise.

— Que l'on secoure ma mère !

20

Bourgoing et Charles soutiennent Catherine, et la font asseoir sur le canapé... Marie lui présente un verre d'eau.

— Laissez - moi, disait Catherine avec un accent de faiblesse et de douleur ; le mal est sans remède... je dois mourir !... Ce poison est rapide... mes yeux se troublent : ah ! que je souffre ! Mon fils ! mon fils ! ils vous tueront.... Ah ! je meurs !...

Et elle tomba étendue sur le canapé , près de Charles anéanti. Bourgoing toucha les mains de la reine.

— Déjà presque froide ! Ainsi Dieu se joue de la destinée des hommes.

— Morte! morte sans vengeance!
s'écriait le roi.

Et il parcourait l'appartement comme
un forcené.

—Retirez-vous! Que l'on veille sur
cet homme!

Il montrait Gyvès.

— Vous m'en répondez sur votre
tête. Sortez tous; qu'on me laisse seul
pleurer auprès d'elle.

On se retira : Gyvès fut entraîné
par Michot et les valets de Touchet.
Charles, resté seul, se jeta aux pieds de
Catherine, et après avoir versé des
larmes :

—Ma mère! ma mère! vous ne m'en-

tendez plus... La voilà déjà froide et
bientôt glacée ! Où donc est maintenant cet esprit sublime... cette raison...
cette pensée qui présidait aux destinées du royaume?... Voilà ce que la
mort l'a faite! voilà tout ce qui reste
d'une reine de France. La voilà morte...
empoisonnée... par ceux-là mêmes...
sans confession ! sans absolution....
damnée peut-être... damnée !... O terreur !... non... oh non!... Mon Dieu !
qui savez son zèle pour la religion,
vous l'avez accueillie dans votre sein...
et moi, sans elle... que vais-je devenir?
comment porterai-je ma couronne ?
Je ne suis pas assez fort pour régner.
Ces protestans que mon pardon va
enhardir... s'ils ne m'avaient laissé la
vie que par mépris pour moi !... Gyvès était un traître... Oh! qui me dé-

livrera de mon incertitude? qui me conseillera maintenant? Je ne suis plus roi! j'ai perdu ma mère ! Si j'osais élever ma prière vers Dieu ! s'il daignait m'entendre ! si comme dans l'Evangile , il réveillait ce corps inanimé ! Tout vous est possible , ô mon Dieu !.. que me demanderiez-vous? ma vie !.... prenez-là... mais ranimez la sienne ! Vœux inutiles! ce siècle est trop incrédule , Dieu s'est retiré de nous : on ne voit plus de miracles , depuis qu'on ne veut plus y croire.

Il prit la main de Catherine.

— Me trompé-je ? est-ce un reste de chaleur ? ou si la vie... Achevez, achevez, mon Dieu ! qu'elle vive, et quelle que soit votre volonté...

Il agite le bras de Catherine et l'appelle.

— Ma mère! ma mère!...

— Qui m'appelle ? répondit Catherine d'une voix faible.

Et Charles tressaillit de joie et de crainte.

— C'est moi! c'est votre fils!

— Où suis-je?... Quel pouvoir me ramène sur la terre? qui m'arrache aux flammes de l'enfer?...

— Ce sont mes prières. Mais que parlez-vous de flammes d'enfer?...

— Je les vois, je les sens encore... Mon fils! j'étais damnée!..

— Damnée ! murmura le roi.

Et ses cheveux se dressèrent sur sa tête.

— Oui, et par vous ! Croyez - vous qu'on ne porte devant Dieu que ses péchés ? on y porte aussi les iniquités de ses enfans. Moi, catholique ! j'ai donné le jour à un fils qui voit outrager la religion sans en tirer vengeance !.. Voilà mon crime... le vôtre. Lorsque je me présentai devant Dieu : Dans l'enfer, me dit-il d'une voix tonnante ; je t'avais donné le sceptre de France pour protéger l'église, exterminer l'hérésie : tu m'as renié devant les hommes ; moi, je te renie dans les cieux ; va brûler pour l'éternité.

— Et c'est moi, dont les refus !...

— Regarde ! me dit alors Dieu lui-
même... Je regardai la terre : je vis
l'impiété sappant chaque jour le culte
catholique ; les protestans méditant
dans l'ombre la mort des prêtres de
notre sainte religion, et aiguisant des
poignards pour vous immoler vous-
même.

Charles fit un geste de terreur.

— Je vis Gyvès verser du poison
dans mon verre, et préluder par ma
mort aux crimes qui vont désoler la
France.

— Leurs complots affreux ne s'exé-
cuteront pas. Vous m'aviez parlé d'un
projet terrible, immense ; j'ai résisté
long-temps : j'ai pu douter de la voix

des hommes ; mais je ne balance plus :
c'est la voix de Dieu même. Où est cet
édit qui proscrit leur race ?

— Il ne m'a jamais quitté ; il doit
être encore sur mon sein...

Elle tire un papier de son sein.

— Tiens, le voilà.

— Mon Dieu ! je t'obéis.

Il prend vivement l'acte et le signe.

— Je punis les assassins de ma mère!

Catherine, transportée de joie, lui
prend la main, se lève et le serre
dans ses bras. Charles s'évanouit.

— Il s'évanouit !... sa faiblesse, la terreur... Holà ! quelqu'un !

Tous les personnages, excepté Gy-vès, rentrèrent surpris, épouvantés d'un événement qu'ils ne pouvaient concevoir. On prit soin de Charles. Catherine regarda l'acte que Charles avait signé.

— Ah ! je les tiens... le roi a signé... Maintenant, messieurs, nous allons retourner à Orléans.

CHAPITRE XII.

―――

Le Châtelet d'Orléans.

Les protestans de la forêt, pleins de confiance dans la parole du roi, sont revenus dans leurs foyers. Ce fut une grande joie dans la ville ; ils parcou-

raient les rues avec des paroles de
paix et des bénédictions pour Charles IX. Les catholiques ne purent rien
concevoir à ce retour : le père Levé
ferma sa boutique, certain que ces
cris d'amour et d'enthousiasme ca-
chaient quelques perfidies; et pour fuir
les scènes d'horreur qu'il prévoyait, il
se retira à sa maison de campagne de
la Haute-Epine. Gautier et ses amis,
surtout, s'indignèrent de cette audace;
ils s'ameutèrent, crièrent autour du
palais du gouverneur qu'il trahissait le
roi, la religion. Sipierre, inquiet,
voyant que le tumulte devenait consi-
dérable, ne crut pas qu'il y eût meil-
leur moyen, pour l'appaiser, que de
s'emparer des huguenots. Il les fit donc
jeter en grand nombre dans les pri-
sons de la ville, et en remplit encore

d'autres édifices vacans. Cet acte de sévérité flatta le peuple; mais cette réunion
de protestans dans une même enceinte,
cette facilité de les envelopper tous
dans un massacre d'un moment, saisit
fortement les esprits haineux de la po-
pulace. Gautier ne contribua pas peu
à les animer; il les engagea à se munir
d'armes et de piques, et se chargea lui-
même d'obtenir de la reine la permission d'en finir d'un seul coup avec ses
ennemis, résolu, en tout cas, à ne pas
laisser échapper cette occasion. Le retour du Hallier avait ressemblé plutôt
à un convoi qu'à une partie de chasse.
Charles ne pouvait se rendre compte
des événemens de toute la journée; au
milieu de l'agitation de son âme, il
avait perdu connaissance la moitié de
la route. Gyvès avait été amené der-

rière le cortége, garotté, outragé,
souffrant, plongé dans une charrette
de fermier. Il avait gardé, tout le temps
du voyage, un silence douloureux et
résigné, interrompu seulement par
quelques prières.

On se réunit dans une vaste salle gothique du châtelet d'Orléans : dans le
fond une croisée s'ouvre sur la Loire,
qui baigne les pieds de ses murailles à
Machicoulis ; au milieu de la Loire,
paraît la langue de terre commençant
l'île de Saint-Loup, qui va s'élargissant
en remontant le fleuve. A droite le pont;
et au milieu du pont, le monument de
la Pucelle. Au bout de l'horizon, le
couvent des Augustins : croisées à
droite et à gauche ; de chaque côté
une porte qui ferme le premier étage

d'une tourelle : c'est là que Catherine,
restée seule, se livra à toute la joie d'un
triomphe qu'elle n'osait espérer.

— Me voilà donc toute-puissante !
la première reine du monde ! Une
heure après minuit tout ce qu'Orléans
renferme d'hérétiques...

Elle fit avec la main le geste d'ef-
facer.

— Ce soir n'est que le prologue ; à
Paris on jouera la pièce. Plus d'hérétiques ! Ce n'est pas que je préfère un
culte à l'autre : j'ai vu de près le pape
et la cour de Rome ; je sais à quoi
m'en tenir sur la religion catholique ;
mais ces réformés avec leur liberté,
leurs droits, ébranlent mon pouvoir !

et le pouvoir, voilà mon Dieu ! à qui
j'ai déjà tant sacrifié ! N'a-t-on pas
dit que j'ai empoisonné le roi François II, mon fils? Qui peut l'assurer?
personne ; mon confesseur lui-même
n'en sait rien.

Elle ouvrit la fenêtre.

— La belle nuit ! comme la lune
éclaire mollement ce beau site !... Que
la Loire est imposante ! On dirait une
nuit à Florence. Tout repose ; le moment est encore éloigné... J'ai passé
une journée bien difficile ; je vais prendre un peu de sommeil.

Elle allait sortir ; elle entendit Gautier crier de l'intérieur :

— Je vous dis que j'ai absolument
besoin de lui parler.

— C'est Gautier, dit Catherine, bon! il pourra nous être utile.

— Pardon... je viens voir en quoi je puis être bon à votre majesté.

— Ce respectable ecclésiastique va tout vous expliquer. Gautier, il dépend de vous de me suivre à Paris.

— On peut donc compter sur toi? dit Bourgoing à Gautier quand ils furent seuls.

— Est-ce que je ne suis pas bon catholique?

— Qu'est-ce que tu nous conseilles?

— Puisque la plupart des hugue-

nots sont prisonniers, que les autres
sont chez eux, bien cachés, j'ai deviné de suite que ce n'était pas pour
leur bien.

— Tu es sorcier.

— Alte-là ! je ne suis pas sorcier : je
vais à la messe.

— Tu dis qu'il faudrait...

— Sonner le tocsin et en finir tout
d'un coup.

— On dirait que tu as assisté au conseil.

— Dites un mot, en moins d'un
quart d'heure tous mes cinquanteniers...

— C'est peu , cinquante.

— Bah! le signal donné , tout se
joindra à nous ; puisque la reine est
en cette ville, on sait bien ceux qu'il
faut assommer.

— Si l'on te prenait au mot...

— D'abord, le feu aux quatre coins ,
à la place Saint-Samson ! c'est une ni-
chée d'hérétiques : les maisons leur ser-
viront de fagots.

— Après?

— Le bal aux fortes têtes du parti ?
Les voyez-vous se réveillant face à face
avec le bon Dieu ?

— Eh bien ! sitôt qu'on aura sonné
une heure après minuit...

— Suffit... une heure après minuit, la danse commence. Mon père, un bon chrétien doit penser à son salut : l'action sera chaude ; si l'on allait me tuer !

— Tu as peur ?

— Fi donc ! mais suis-je en état de grâce ? Vous êtes prêtre... pourriez-vous me donner l'absolution... d'amitié ?...

— Vous avez un repentir sincère de vos péchés ?

— Certainement, que j'ai un repentir sincère. Si vous voulez, une confession générale...

— Le temps presse...

— Ah! ma confession générale, ce
sera deux mots... Je n'ai ni tué, ni
volé... Il se pourrait bien que quelques huguenots, par-ci, par-là...

— Je vous absous de vos péchés, par
le mérite du sang de notre Seigneur,
et de la bonne œuvre que vous exécu-
tez pour son service.

— Ainsi soit-il !... C'est une belle
choseque la confession : quand on a dit
ses péchés, on est léger comme une
plume. A une heure donc en campagne !

Il partit.

Je ne vous dirai pas que Marie,
bourrelée de remords, fit évader Gyvès pendant la nuit : on aurait peut-

être peine à me croire; mais comme
nous le retrouverons bientôt, il faut
bien que quelqu'un lui ait rendu la liberté, et peu nous importe que ce soit
Marie, le roi, ou Michot lui-même.

CHAPITRE XIII.

La petite Saint-Barthélemi.

GAUTIER a couru à la place Saint-Samson : elle est située au bas du flanc méridional de l'église Saint-Maclou ; au fond de la place est une rue qui

conduit à l'ancien hôtel-de-ville, et à
la place des Quatre-Coins; vis-à-vis est
la rue Barillerie, qui aboutit à la rue
Sainte-Catherine. Au fond de la place s'é-
lève une maison à tourelles, une grande
porte et plusieurs étages. La nuit
est très — profonde; de temps en
temps arrivent des hommes et des femmes enveloppés dans des manteaux, et
portant les uns des lanternes sourdes,
d'autres des fallots. Tous ont l'air du
plus profond désespoir. Pendant que la
maison se remplit, des soldats emmè-
nent prisonniers des femmes, des enfans
en larmes : ils sont guidés par des flambeaux que porte un soldat en tête de
la patrouille. Les cinquanteniers parcourent la ville; de temps en temps on
entend le cri et la réponse des sentinelles. On voit arriver par la rue des

Basses-Gouttières le chancelier Groslot, conduisant madame de Coligny :
avec lui marche Thibaut, qui donne le
bras à Aurélie.

—Comment, disait madame de Coligny, monsieur le chancelier, vous
croyez qu'il y aura du bruit?

— Rassurez-vous... tout me semble
calme... Je voudrais le croire ; mais
voilà une nuit qui nous sera fatale :
pensa-t-il tout bas.

— Prenez garde, mademoiselle Aurélie ! la nuit est si noire.

— Digne garçon, brave Thibaut !

— Depuis que j'ai quitté M. Touchet
pour vous, j'en remercie tous les

jours le ciel ; je suis sûr de mon salut
avec vous.

Ils entrèrent dans la maison , qui
s'ouvrit avec précaution et se referma
de même. Toussaint les suivit de près.

— C'est ici, je crois... encore des
peines, encore des persécutions ! sans
doute, cette nuit, nous aurons des martyrs ! Puissé-je , ô mon Dieu , perdre
aujourd'hui la vie avec mes frères pour
une si sainte cause !

Il frappa et entra avec les mêmes
précautions. M. d'Alibert et le chancelier regardaient par la croisée du premier.

— Je n'entends aucune rumeur,

pourtant, disait d'Alibert; peut-être est-ce une fausse alarme.

— Ah! voilà M. Toussaint; nous ferons bien de passer le reste de la nuit en prières.

Ils fermèrent la croisée et coururent au-devant de Toussaint. La chambre était déjà pleine de protestans. Une lampe l'éclaire; posée dans l'angle de l'appartement, elle ne jette qu'une lumière faible. Toussaint préside à la prière; tous les assistans joignent à leur dévotion naturelle la ferveur de la crainte. Cependant, sur la place, arrivent Gautier avec quelques cinquanteniers.

— Bravo!... les oiseaux sont dans la

cage ; nous n'aurons pas besoin de les attraper. Ah ça ! mes amis, il faut en finir cette nuit ; assez d'huguenots comme ça. Voyez-vous, ils en veulent au roi, à la reine, à nous, à tous les honnêtes gens ; mais tâchons de ne pas mettre les torts de notre côté : il faut avoir l'air de nous plaindre : il faut donc chercher une querelle ; allez, ce ne sera pas difficile : je leur en ai déjà cherché souvent : cela m'a toujours réussi. Attendez, vous allez voir.

Il frappe à la porte de la maison.

— Pan, pan ! holà ! quelqu'un !

On ne répond pas.

—Ils ne répondent pas... Pan, pan...

voulez-vous répondre, sacrée canaille ?

M. Alibert ouvrit la croisée du premier.

— Qu'est-ce que vous voulez ?

— Voulez-vous m'allumer ma lanterne ? leur cria Gautier.

— C'est peut-être un pauvre ; allez ,
Suzanne.

Le chancelier fit des observations ;
mais le désir d'être utile l'emporta.
Suzanne descendit ; elle ouvrit la porte
de la rue et présenta sa lumière à Gautier, qui alluma sa lanterne.

— Eh bien ! à quoi bon cette farce ?
crièrent les catholiques qui l'entou-
raient.

— Vous allez voir.

Il souffla sa lanterne ; les éclats de rire redoublèrent.

— Ah ! vous riez? vous êtes encore pas mal forts , vous autres.

Il frappa de nouveau.

— Pan , pan.

D'Alibert ouvrit la fenêtre du premier.

— Qui est là?...

— C'est moi; je voudrais bien rallumer ma lanterne qui vient de s'éteindre.

— Il ne fait pas de vent, pourtant... enfin... Suzanne , veuillez descendre.

Suzanne descendit en grommelant, mais elle ouvrit encore la porte et offrit sa lumière à Gautier, en lui disant avec un peu d'humeur :

— Tâchez donc qu'elle ne s'éteigne pas encore ; c'est se moquer du monde.

— Dis donc, Gautier, est-ce que tu plaisantes? Je ne vois pas où tu veux en venir, lui dit un des plus spirituels de la troupe.

— Tant pis pour toi, imbécile !

Il souffla sa lanterne. Alors les rires redoublent, les plaisanteries circulent autour de Gautier, qui, impassible et calme comme un homme qui poursuit une grande pensée, retourne frapper une troisième fois à la porte ; mais

comme les rires sont parvenus jusqu'à
M. d'Alibert, on ne répond pas. Alors
Gautier, irrité, frappe de plus belle...
Même silence ;. il revint à ses cama-
rades.

— Eh bien ! quand je vous l'avais
dit... ne faut-il pas qu'ils nous fassent
toujours des sottises, ces damnés de
protestans? mais il faut en tirer vengeance... Allons, enfonçons la porte!
et vive le roi et la religion !

Les cinquanteniers se joignent à lui
et se préparent à briser la porte...Tout à
coup les cloches, le beffroi se font entendre, de grandes clameurs retentis-
sent ; de côté et d'autre, arrive à la
place Saint-Samson une foule d'hommes et de femmes armés de piques,
de haches, et criant:

— Mort aux huguenots!

Ils racontent à Gautier et aux cinquanteniers, qu'ils se sont portés à la
Maison-Carrée, à la tour de Juranville,
qu'ils y sont entrés de force, qu'ils en
ont chassé à coups de piques et d'é-
pées, les huguenots qui s'y trouvaient
renfermés. En effet, on voit s'avancer
plusieurs protestans, déjà blessés, se
traînant à peine; les uns sont pour-
suivis par des enfans du peuple et des
femmes, sous les coups desquels ils
fuient ou tombent près de là, tandis
que d'autres meurent de lassitude et de
leurs blessures sur la place même. La
terreur est au comble dans la maison
des Quatre-Coins : les scènes qui viennent de se passer ont été vues par le
chancelier, d'Alibert et la maréchale

22

de Coligny. La lumière a été éteinte;
la prière continue avec la plus grande
agitation. Au milieu du bruit, entre un
jeune homme, c'est Gyvès; il a pénétré dans la maison par la porte du
jardin commun.

— Venez, mon père, et vous, mademoiselle, fuyez! votre vie est me-
nacée.

Il dit, et il les entraîne par la main.

— J'ai une barque sur le bord de la
Loire... Vous allez traverser la rivière
pour vous rendre près de Coligny.

Il les conduit par un détour, et se
trouve avec eux dans la rue. Un catholique, qui reconnaît le chancelier, dé-

charge sur lui un coup de pistolet;
mais Gyvès tire son épée, le jette mort
et disparaît avec Aurélie et son père.
Le coup de pistolet a attiré de ce côté
beaucoup de monde : à leur tête est
Michot.

— Que vois-je? un ami tué! s'écria-
t-il.

— Ce sont les protestans qui m'ont
assassiné!

— Vengeance!... les scélérats!

Ils entrent par la porte ouverte
pour la fuite de Gyvès, et marchent
en criant vers celle qui donne dans le
jardin ; les protestans, qui ont été re-
foulés par eux, se barricadent en dedans

avec des meubles , etc. Michot met du
monde en sentinelle près de la porte ,
en leur recommandant de veiller à ce
que personne ne sorte ; il court près
de Gautier que l'on a déjà informé de
l'assassinat du catholique.

— Ce sont les gueux de cette maison
qui l'ont tué !

— Eh bien ! il faut les brûler tout
vifs là-dedans ; du bois ! des fagots !
une paillasse !

Une femme d'une maison voisine en
jette une : Michot la traîne vers la
porte, on l'y applique, on y met le feu;
bientôt il a attaqué les ais de la porte;
on frappe à coups redoublés , elle se
brise , la flamme pénètre dans la mai-

son ; l'escalier s'embrase ; en peu de temps tout l'édifice est comme une fournaise. Les protestans se penchent aux fenêtres en demandant grâce ; mais on répond à leurs plaintes par des injures et des jeux de mots : ceux qui sont derrière eux, brûlés par les flammes qui les atteignent, les poussent par la fenêtre. Les uns tombent étouffés, les autres tout vivans sont reçus par Gautier et ses amis, sur des piques ; on les achève à terre. Enfin, la maison, ébranlée, chancelle : les catholiques s'éloignent ; elle tombe et croule au milieu des cris de joie, des hurlemens du peuple et des gémissemens de ceux qui sont entassés dans les décombres : ils brûlent et fument long-temps encore. La place, jonchée de débris mêlés d'hommes et de femmes à demi-brûlés , fut pendant plusieurs jours un lieu de réunion et de plaisanteries.

Le père Levé y mena son fils aîné ; il lui donna, sur le champ de carnage même, des leçons pour le guider toute sa vie : il lui inspira l'horreur qu'il éprouvait pour les protestans, qui, depuis leur apparition, n'avaient causé que des troubles en France : la preuve en était sous ses yeux.

Les scènes de meurtre et d'incendie se répandirent dans toute la ville : on évalue à deux mille le nombre des victimes du zèle religieux des bons catholiques.

Le lendemain matin , on retrouva le corps de Gyvès à moitié caché par la Loire : il était percé de plusieurs coups de lance.

Le roi et sa mère quittèrent Orléans pour n'y plus revenir. Le chancelier Groslot fut assassiné dans la nuit de la Saint-Barthélemy, à Paris.

CONCLUSION.

Que puis-je vous dire de plus, moi,
qui ne vous ai promis qu'une chronique orléanaise ? Je ne suivrai pas Marie Touchet à Paris. Tout le monde

sait qu'elle fut dame d'Entragues : je
ne veux pas vous apprendre ce que
sait tout le monde. Je vous dirai seulement que tout rentra dans l'ordre à
Orléans ; que le petit nombre de protestans qui furent épargnés dans l'affaire, végéta dans le mépris et la haine
des bons citoyens. On ne leur pardonna
jamais la journée des Chaperons. Gautier continua à jouir de l'estime générale ; Michot fut pensionné par la reine.
Quant aux autres personnes, telles que
Toussaint, etc., j'avoue que je n'ai pas
la moindre donnée sur leur existence.

Parmi les héros de mon histoire, il
en est un pourtant dont je dois vous
entretenir d'une façon privilégiée : ce
héros, c'est Levé ; la part prodigieuse
qu'il a prise aux événemens importans

de notre histoire, exige cette notice
biographique. Il continua avec beaucoup de dévouement son commerce
de marchand de draps, rue du Tabourg, à l'enseigne du Soleil-Levé; il
maria ses enfans, se retira après avoir
fait sa fortune, et finit ses jours à sa
maison de campagne de la Haute-
Epine, entouré, comme on dit, de la
considération publique. Sa postérité
multiplia singulièrement à Orléans :
c'est de cette famille que descendit mademoiselle Rose Levé, femme du sieur
Lesguillon, père de votre serviteur.

FIN.

SCÈNES MARITIMES;

PAR EUGÈNE SUE.

LA

TOUR DE KOATVEN;

4 volumes in-8º. — 30 fr.

HISTOIRE MARITIME,

Depuis son origine jusqu'à nos jours;

8 vol. in-8º. — 60 fr.

LA

PHYSIOLOGIE DU RIDICULE,

PAR Mᵐᵉ. SOPHIE GAY;

2 volumes in-8. — 15 fr.

www.ingramcontent.com/pod-product-compliance
Lightning Source LLC
Chambersburg PA
CBHW070324030726
47505CB00004B/1077